SAÇ ÖRGÜSÜ

Laetitia Colombani

YAN PASAJ

SAÇ ÖRGÜSÜ
LAETITIA COLOMBANI

Özgün adı: La Tresse

ISBN: 978-605-82766-6-6

1. Baskı: Mart 2020
8. Baskı: Mart 2022

Çeviri: Gülşah Ercenk
Editör: Hevdan Sönmez
Redaksiyon: Nil Tuna
Son Okuma: Şebnem Soral - Sezen Akarsu
Sayfa Tasarım: Bahadır Erşık
Kapak Tasarım: Füsun Turcan Elmasoğlu

Baskı: Ana Basın Yayın Gıda İnş. San. ve Tic. A.Ş.
Mahmutbey Mh. Devekaldırımı Cd. 2622 Sk.
Güven İş Merkezi No: 6/13 Bağcılar/İstanbul
Sertifika No: 52729

YAN PASAJ YAYINEVİ
Acıbadem Mh. Acıbadem Cd. 124/10
Kadıköy/İstanbul Sertifika No: 49450
info@yanpasaj.com
www.yanpasaj.com

SAÇ ÖRGÜSÜ

Laetitia Colombani

Çeviren: Gülşah Ercenk

YAN PASAJ

Laetitia Colombani senaryo ve tiyatro yazarlığıyla birlikte film yönetmenliği ve oyunculuk da yapmaktadır. *À la Folie... Pas du Tout (Seviyor... Sevmiyor)* ve *Mes Stars et Moi (Yıldızlarım ve Ben)* isminde iki uzun metrajlı film yazıp yönetmiştir. *Saç Örgüsü* ilk romanıdır.

Gülşah Ercenk 1991 yılında Hacettepe Üniversitesi Fransız Dili Edebiyatı Bölümünden mezun oldu. Cezayir Büyükelçiliğinde çevirmen, Paris Türk Büyükelçiliğinde büyükelçi sekreteri olarak çalıştı. Farklı yayınevlerine Fransızcadan Türkçeye kitaplar çevirdi. Hâlen Kanada'da yaşayan Ercenk, anaokulu öğretmenliğiyle birlikte çeviri yapmaya devam etmektedir.

Olivia'ya,
Bütün cesur kadınlara,

"... Simone, saçlarının ormanında
büyük bir esrar gizli."

–REMY DE GOURMONT

"Özgür bir kadın, hafif bir
kadının tam tersidir."

–SIMONE DE BEAUVOIR

Saç Örgüsü: [isim] Üç tutamı, üç parçayı birbirlerine dolayarak birleştirme işlemi.

Ön Söz

Bir hikâyenin başlangıcı bu.
Her seferinde yeni bir hikâye
Hayat buluyor parmaklarımın ucunda.

Çatısı beliriyor ilk önce.
Yapı sağlam olmalı ki bütünü taşıyabilsin.
İpekten mi olacak yoksa pamuktan mı,
Şehir için mi olacak yoksa sahne için mi? Değişir.
Pamuk daha dayanıklı oluyor.
İpek ise daha ince ve hafif.
Çekiç ve çivi gerekli bir de.
Özellikle dikkat etmeli.

Sonra dokuma işi başlıyor.
En sevdiğim kısım da bu.
Üzerine gerilmiş üç naylon iple
Önümde duruyor dokuma tezgâhı.
Tutamdan ipleri üçer üçer alıyorum,
Koparmadan düğüm atıyorum.
Aynı hareketi binlerce defa tekrar ediyorum.

Tek başıma olduğum bu saatleri,
Parmaklarımın dans ettiği bu saatleri seviyorum.
Bir örgü ve sarmalanma hikâyesi yazarken
Tuhaf bir bale icra ediyor parmaklarım.
Bu benim hikâyem.

Bana ait değil oysa.

Smita

Badlapur köyü, Uttar Prades, Hindistan

Smita tuhaf bir hisle gözlerini açtı. İçinde tatlı bir telaş vardı, karnında daha önce varlığını hiç hissetmediği bir kelebek kanat çırpıyordu. Bugün, hayatı boyunca unutmayacağı bir gün olacaktı. Bugün biricik kızı okula başlıyordu.

Smita hayatı boyunca hiç okula gitmemişti. Burada, Badlapur'da onun gibiler okula gitmiyordu. Smita bir "Dalit"ti*, yani bir "Dokunulmaz"dı o. Gandi'nin "Tanrı'nın Çocukları" olarak adlandırdığı sınıftandı. Kast dışı, sistem dışı, her şeyden dışlanmış olan sınıftan... Ayrı bir türe ait, diğerlerine yaklaşamayacak kadar kirli, tıpkı buğdaydan ayrılan saman gibi değersiz bir pislik olarak toplum dışına itilmiş... Smita gibi; köylerin dışında, toplumun dışında, insanlığın dışında yaşayan milyonlarcası vardı.

Her sabah aynı tören. Smita durmaksızın aynı cehennem senfonisini çalan bozuk bir plak misali, Jatilere** ait tarlaların yakınındaki kulübesinde uyandı. Onlara tahsis edilmiş

* Dalit(ler) (diğer adıyla Parya, Dokunulmaz); dört tabakadan oluşan Hindistan kast sistemine dahil bile edilmeyen, aşağılanan en alt sınıftır. (*e.n.*)

** Jati(ler): Kast sisteminde aile mesleklerine göre belirlenmiş topluluklardır. (*e.n.*)

kuyudan bir gün önce getirdiği suyla önce yüzünü, sonra ayaklarını yıkadı. Kulübesine daha yakın ve kolay ulaşılır olan diğer kuyuya elini sürmeye hakkı yoktu. Kaç kişi bundan daha azı için canından olmuştu. Smita hazırlandı, Lalita'nın saçını taradı, Nagarajan'ı öptü. Sonra kendisinden önce annesinin de taşıdığı, bakınca midesini bulandıran; bütün gün sırtında bir çarmıh, utanç verici bir yük gibi taşıdığı ağır ve kesif kokulu hasır örme sepetini eline aldı. Bu sepet onun çilesiydi; bir lanet, bir cezaydı o. Geçmiş hayatlarından birinde işlemiş olduğu ve bedelini ödemesi, telafi etmesi gereken bir suçtu. Annesi bu hayatın ne geçmiş ne de gelecektekilerden daha önemli olduğunu, sadece pek çok hayattan biri olduğunu söylerdi hep. Böyleydi ve onun hayatıydı.

Bu onun *dharma*'sı*, dünyadaki yeri ve göreviydi. Nesiller boyu anneden kıza geçen bir meslekti. *Scavenger*, İngilizcede "çıkarıcı" anlamına geliyordu. Hiç de ahlaklı olmayan bir gerçeği adlandırmak için kullanılan edepli bir kelimeydi. Gerçekte Smita'nın yaptığı işi tanımlayacak bir kelime mevcut değildi. Bütün gün çıplak elle insanların bokunu topluyordu. Annesiyle ilk defa işe gittiğinde henüz altı yaşında, yani bugün Lalita'nın olduğu yaştaydı. "İyi bak, sonra sen de yapacaksın," demişti annesi. Smita bir yaban arısı sürüsü gibi üzerine hücum eden o dayanılmaz, insanlık dışı kokuyu daha dün gibi hatırlıyordu. O gün yol kenarına kusmuştu. Annesi, "Zamanla alışacaksın," diye telkin etmişti onu. Yalan söylemişti. Alışılmıyordu… Smita nefes almamayı, nefesini tutarak yaşamayı öğrenmişti. Oysa köydeki doktor, "Düzgün nefes almalısınız," demişti. "Bakın, nasıl da öksürüyorsunuz. Ve yemek yemelisiniz." Smita iştahını kaybedeli uzun zaman

---

* Dharma; Sanskrit dilinde "hakikat", "yüksek hakikatlere götüren yol", "evrenin düzenini ve ruhsal gelişimi sağlayan kozmik doğa yasaları" anlamında kullanılır. (*e.n.*)

olmuştu. Acıkmanın nasıl bir şey olduğunu dahi hatırlamıyordu. Çok az, sadece yaşamasına yetecek kadar yiyordu. Canı hiç istemediği hâlde, sade suyla pişirdiği bir avuç pirinçle yaşıyordu.

Hükümet ülkeye tuvalet getireceğine söz vermiş, ancak maalesef vaatler gerçekleştirilmemişti. Diğer yerler gibi Badlapur'da da insanlar dışkılarını dışarıya yapıyorlardı. Yerler leş gibiydi; dereler, nehirler, tarlalar tonlarca dışkıyla kirlenmiş hâldeydi. Bulaşıcı hastalıklar hızla yayılıyordu. Siyasetçiler halkın reformlardan, sosyal eşitlikten, hatta işten önce istediği şeyin tuvalet olduğunu çok iyi biliyordu. Halkın talep ettiği tek şey, onurlu bir biçimde dışkılama hakkıydı. Köylerde tarlalara dışkılamak zorunda olan kadınlar, her türlü saldırıya maruz kalma riskine rağmen, havanın kararmasını beklemek zorundaydı. Daha şanslı olanlar, bahçelerinin bir köşesine yahut evlerinin dip tarafına açtıkları deliklere tuvaletini yapıyordu. Edeplice "kuru tuvalet" olarak adlandırdıkları bu helalar, her gün Dalit kadınlar tarafından çıplak elle boşaltılıyordu. Smita da bu kadınlardan biriydi.

Her sabah saat yediye doğru hasır sepetini ve çalı süpürgesini eline alıp evden çıkıyordu. Her gün yirmi ayrı evin helasını boşaltmak zorunda olduğundan kaybedecek zamanı olmadığını biliyordu. Başörtüsüyle yüzünü örtüp bakışlarını yerden ayırmadan yol kenarından hızlı adımlarla yürüyordu. Bazı köylerde Dalitler kolayca ayırt edilebilmeleri için üzerlerinde karga tüyü taşımak, bazı köylerde ise çıplak ayak dolaşmak zorundaydılar; öyle ki ayağında sandaletle dolaştığı için taşlanan bir Dokunulmazın hikâyesi herkesçe bilinirdi. Smita gittiği evlere onun için özel olarak ayrılmış arka kapıdan giriyordu, ev halkıyla karşılaşması ve konuşması kesinlikle yasaktı. Sadece Dokunulmaz değil, görünmez de olmak zorundaydı. Ev sahipleri maaş niyetine yemek artıklarını veya eski giysilerini önüne atıyordu. Ona dokunmadan, bakmadan...

Bazen hiçbir şey vermedikleri de oluyordu. Jati sınıfından bir aile aylardır hiçbir şey vermiyordu mesela. Smita işi bırakmayı düşünmüştü, bir akşam Nagarajan'a artık oraya gitmeyeceğini söyledi, boklarını bizzat temizlesinlerdi. Ancak Nagarajan korkuyordu. Smita işi bırakacak olursa kovulurlardı. Kendilerine ait bir toprakları yoktu. Jatiler kulübelerini ateşe verirlerdi. Smita neler yapabileceklerini gayet iyi biliyordu. Bir keresinde Dalitlerden birine, "Bacaklarını keseriz," demişlerdi. Nitekim bir süre sonra adam, yakınlardaki bir tarlada bacakları kesilmiş ve asitle yakılmış hâlde bulunmuştu.

Evet; Smita, Jatilerin neler yapabileceklerini çok iyi biliyordu.

Bu nedenle ertesi gün oraya yine gitmişti.

Fakat bu sabah, diğerlerinden farklı bir sabahtı. Smita kararını vermişti, lamı cimi yoktu, kızı okula gidecekti. Kocasını ikna etmek kolay olmamıştı. "Neye yarar?" diyordu Nagarajan. "Belki okuma yazma öğrenecek ama burada ona kimse iş vermeyecek. Hela boşaltıcısı olarak doğduk ve ölene kadar da öyle kalacağız. Bu bizim mirasımız, içinden çıkmamıza imkân olmayan bir döngü. Bu bir *karma.*"

Smita kararında inat etmişti. Ertesi gün, daha ertesi gün ve sonraki günler hep aynı şeyi tekrarlamıştı. Lalita'yı yanında işe götürmeyi reddediyordu. Kızına tuvaletlerin nasıl boşaltıldığını göstermeyecekti, kendi annesi gibi kızının hela deliğinin önünde kustuğunu görmeyecekti; hayır, Smita bunu asla kabul etmeyecekti! Lalita'nın okula gitmesi gerekiyordu. Smita'nın kararlılığı karşısında Nagarajan boyun eğmişti. Karısını gayet iyi tanıyordu, çelik gibi bir iradesi vardı. On sene önce evlendiği bu kara derili, ufak tefek Dalitin kendisinden çok daha güçlü olduğunu biliyordu. Kabul etmekten başka çaresi yoktu. Öyle olsundu. Köydeki okula gidip öğretmen Brahman* ile konuşacaktı.

Smita zaferine içten içe gülüyordu. Kendi annesinin de onun için böyle savaşmış olmasını, okula gidebilmiş olmayı, sınıfta diğer çocukların yanına oturabilmiş olmayı nasıl da isterdi! Okumayı, yazmayı, saymayı öğrenmiş olmayı... Ancak bu mümkün olmamıştı çünkü Smita'nın babası Nagarajan gibi iyi bir adam değildi, huysuz ve zalimdi. Buradaki bütün erkekler gibi karısını döverdi. Smita babasının sürekli, "Kadın kocasının eşiti değildir, kadın kocasına aittir," dediğini hatırlıyordu. "Kadın kocasının malı, onun esiridir; isteklerine boyun eğmelidir..." Babası kesinlikle karısınınki yerine bir ineğin canını kurtarmayı tercih ederdi.

Smita çok şanslıydı. Nagarajan onu asla dövmemiş, ona asla hakaret etmemişti. Hatta Lalita dünyaya geldiğinde kızın hayatta kalmasına razı olmuştu. Bu diyarlarda kız çocuklarını doğduktan hemen sonra öldürüyorlardı. Yakınlardaki Racastan'da kız çocuklarını doğar doğmaz bir kutuya koyup canlı canlı kuma gömüyorlardı. Bebekler bütün gece can çekişerek ölüyordu.

Ama burada öyle değildi. Kulübenin toprak zemininde oturmuş, sahip olduğu yegâne oyuncak bebeğinin saçlarını taramakta olan Lalita'yı seyretti Smita. Kızını güzel buluyordu. Zarif hatları ve her sabah tarayıp ördüğü, beline kadar inen saçları vardı.

Benim kızım okuma yazma öğrenecek, diye geçirdi içinden ve bu düşünce yüreğini büyük bir sevinçle doldurdu.

O günü hayatının sonuna kadar hatırlayacaktı.

---

* Brahman: Dört tabakalı Hindistan kast sisteminin en üst tabakası olup din adamları ve bilginlerden oluşur. *(e.n.)*

Giulia

Palermo, Sicilya

"Giulia!"

Giulia gözlerini güçlükle açtı. Annesinin sesi aşağıdan bir kere daha çınladı.

"Giulia!"

"Aşağı gel!"

"Çabuk ol!"

Giulia kafasını yastığın altına gömmek istedi. Yine bütün gece kitap okuduğundan çok az uyumuştu. Fakat kalkmak zorundaydı çünkü Sicilyalı bir annenin çocuğunun, annesi çağırdığında gitmekten başka çaresi olmadığını gayet iyi biliyordu.

"Giulia!"

Genç kız isteksizce yataktan çıktı. Aceleyle giyinip mutfakta sabırsızlık içinde onu bekleyen annesinin yanına indi. Kız kardeşi Adela çoktan kalkmış, kahvaltı masasının üzerine dayadığı ayak tırnaklarına oje sürmekle meşguldü. Giulia aseton kokusunu duyunca yüzünü buruşturdu. Annesi önüne bir fincan kahve koydu.

"Baban gitti. Bu sabah sen açıyorsun."

Giulia atölyenin anahtarlarını kapıp koşar adım evden çıktı.

"Hiçbir şey yemedin!"

"Bari yanına yiyecek bir şey al!"

Giulia duymazlıktan gelip bisikletine atladığı gibi son sürat pedal çevirerek gözden kayboldu. Sabah serinliği, mahmurluğunun geçmesine yetmişti. Caddelerde esen rüzgâr yüzüne ve gözlerine çarpıyordu. Pazar yerine vardığında burnuna gelen narenciye ve zeytin kokuları genzini yaktı. Üzerinde denizden yeni çıkmış sardalye ve yılan balıklarının sergilendiği bir tezgâhın önünden geçti. Birden hızını artırarak kaldırımlara inip çıkmaya başladı. Sokak satıcılarının sabah sabah müşteri yakalamaya çalıştıkları Ballaro Meydanı'ndan süratle geçti.

Roma Sokağı'nın biraz ötesindeki çıkmaz sokağa girdi. Babasının yirmi yıl önce, Giulia henüz yeni doğmuş bir bebekken satın aldığı eski sinema binasına kurduğu atölye, bu sokaktaydı. Önceki atölyesi fazla küçük olduğundan daha büyük bir yer aramak zorunda kalmıştı. Bir zamanlar binanın ön cephesine asılan film afişlerinin izleri hâlâ duruyordu. Palermo halkının; Alberto Sordi'nin, Vittorio Gassman'ın, Nino Manfredi'nin, Ugo Tognazzi'nin, Marcello Mastroianni'nin filmlerini görmek için buraya akın ettikleri dönemler çok gerilerde kalmıştı. Tıpkı artık atölyeye dönüşmüş olan bu yer gibi pek çok sinema kapılarını kapatmıştı. Babası projeksiyon odasını büro hâline getirmiş, işçiler aydınlıkta çalışabilsinler diye karanlık ve büyük salonun duvarlarına pencereler açtırmıştı. Üstelik babası bütün bunları tek başına yapmıştı. Giulia bu atölyenin babasına benzediğini düşünüyordu, onun gibi dağınık ama sıcacıktı. Artık efsane hâline gelmiş o meşhur öfke patlamalarına rağmen Pietro Lanfredi, işçileri tarafından sevilen ve sayılan bir patrondu. Kızlarını disiplin sahibi ve çalışkan bireyler olarak yetiştirmiş, titiz ve otoriter bir adam olmakla birlikte sevecen bir babaydı.

Giulia çantasından anahtarını çıkarıp kapıyı açtı. Genellikle sabahları atölyeye ilk gelen babası olurdu. İşçilerini her sabah bizzat karşılamayı çok önemser ve sürekli, "Patron olmak bunu gerektirir," derdi. Herkese daima nazik bir çift söz etmeye, samimi bir ilgi göstermeye, hoş bir davranışta bulunmaya özen gösterirdi. Ama bu sabah Palermo ve civarındaki kuaförleri turlamaya gitmişti, öğleden önce de gelmeyecekti. Bu sabah işçilere Giulia ev sahipliği yapacaktı.

Sabahın bu saatinde atölye çok sakindi. Şimdilik sessizlik ve Giulia'nın sessizlikte çınlayan ayak seslerinden başka bir şey duyulmuyordu ama birazdan burası sohbetler, şarkılar, kahkahalarla çınlayacaktı. İşçilere ayrılmış vestiyere gidip eşyalarını, üzerinde adı yazılı olan rafa koydu. Artık neredeyse ikinci derisi hâline gelmiş olan iş önlüğünü üzerine geçirdi. Saçlarını tepesinde sıkı bir topuz yaptıktan sonra becerikli hareketlerle tokalayıp tutturdu. Sonra başörtüsünü bağladı çünkü işçilerin, kendi saçlarının atölyede işlenen saçlara karışmaması için başörtüsü takma zorunlulukları vardı. Bu kılıkta patronun kızı olduğu hiç belli olmuyordu, o da diğer işçiler gibi Lanfredi atölyesinin çalışanlarından biriydi. Giulia bunu çok önemsiyordu. Hiçbir zaman ayrıcalıklı davranılmasına izin vermemişti.

Atölyenin kapısı gıcırdayarak açıldı ve içerisi aniden bir neşe bulutuyla doldu. Mekân birden canlanıp Giulia'nın o çok sevdiği gürültülü yere dönüştü. İşçiler birbirine karışan seslerin uğultusu içinde vestiyerdeki iş önlüklerini üzerlerine geçirdikten sonra, sohbetlerine ara vermeden yerlerine geçtiler. Giulia yanlarına gitti. Agnese bu sabah yorgun görünüyordu, bebeği diş çıkardığından bütün gece uyumamıştı. Federica gözyaşlarına hâkim olmaya çalışarak nişanlısının onu terk ettiğini söyledi. Alda, "Yine mi!" diye haykırdı. Paola, "Üzülme, yarın geri döner," diye atıldı. Atölyede çalışan bu kadınlar işlerinden çok daha fazlasını paylaşıyorlardı. Gün boyu, elleri işleme tabi tuttukları saçlarla meşgul olurken bir yandan da erkeklerden, hayattan, aşktan konuşuyorlardı. Burada herkes Gina'nın kocasının içtiğini, Alda'nın kızının Piovra ile çıktığını, Alessia'nın Rhina'nın eski kocasıyla kısa bir macera yaşadığını ve bu yüzden Rhina'nın onu asla affetmediğini biliyordu.

Giulia, içlerinden bazıları kendisini çocukluğundan beri tanıyan bu kadınlarla olmayı seviyordu. Ne de olsa ellerine doğmuş sayılırdı. Annesinin sürekli anlattığına göre, büyük salonda saç tutamlarını ayırırken doğum sancıları tutmuştu. Annesi artık atölyede çalışmıyordu, gözleri iyi görmemeye başladığından yerini başka bir işçiye bırakmak zorunda kalmıştı. Giulia bu atölyede, taranıp yıkanan saçlar ve dağıtıma giden siparişler arasında büyümüştü. İşçilerin çalışmalarını seyrederek geçirdiği çarşambaları ve tatil günlerini çok iyi hatırlıyordu. Onların tıpkı bir karınca ordusu gibi çalışan ellerini seyretmeyi seviyordu. Saçları; taramak için büyük kare tarakların üzerine atışlarını, sonra taradıkları saçları –işçilerinin sırtlarını sakatlamalarını istemeyen babasının dahiyane buluşuyla tahtadan ayakların üzerine monte ettiği küvetlerde– yıkayışlarını seyrediyordu. Kurutmak için pencerelere asılan saçlarla dalga geçiyor, onları bir Kızılderili kabilesi tarafından yüzülüp sergilenen kafa derilerine benzetiyordu.

Giulia bazen atölyede zamanın durduğu hissine kapılıyordu. Zaman dışarıda akmaya devam etse de o, bu dört duvarın arasında korunmaya alınmış hissediyordu. Tatlı, güven verici bir histi bu, tuhaf bir kalıcılığın kesinliğiydi.

Giulia'nın ailesi neredeyse bir asırdır atadan kalma bir gelenek olan *cascatura*'dan, yani dökülen veya kesilen saçlardan postiş ve peruk üretme işiyle geçiniyordu. 1926 senesinde Giulia'nın büyük dedesinin kurduğu Lanfredi atölyesi, Palermo'da hâlâ faaliyette olan son atölyeydi. Orada, işinin uzmanı on işçi tarafından taranan, yıkanan ve işlemden geçen saçlar daha sonra İtalya'ya ve bütün Avrupa'ya gönderiliyordu. Giulia on altı yaşına bastığı gün liseyi bırakıp babasının yanında çalışmayı seçmişti. Hocalarının, özellikle de onu sürekli teşvik eden İtalyanca hocasının dediğine göre yetenekli bir öğrenciydi; okumaya devam edebilir, üniversiteye girebilirdi. Ancak Giulia için atölyeden başka bir yol seçmek söz konusu olamazdı. Lanfredi ailesinde bir gelenek olmaktan ziyade nesilden nesile aktarılan bir tutkuydu saç. Tuhaf bir biçimde kız kardeşleri bu mesleğe ilgi duymamışlardı, Lanfredi ailesinin kendisini bu işe adayan tek üyesi Giulia olmuştu. Francesca çok genç yaşta evlenmiş, dört çocuk annesi bir ev kadınıydı. En küçükleri olan Adela, liseye gidiyordu ve ileride modacı veya manken olmayı hayal ediyordu. Aile mesleği dışında ne olursa yapmaya razıydı.

Özel siparişler ve zor bulunan renkler için babasının gizli bir formülü vardı: Babasının büyükbabasından, kendisinin de babasından miras aldığı ve herkesten sır gibi sakladığı bir formüldü bu ve onu sadece Giulia'ya vermişti. Giulia'yı sık sık laboratuvar olarak adlandırdığı çatıya çıkarıyordu. Çatıdan hem denizi hem de Pellegrino Dağı'nı görmek mümkündü. Pietro, üzerine kimya profesörlerini andıran beyaz önlüğünü geçirdikten sonra rötuş yapacağı saçları devasa kazanlarda kaynatıyordu. Yıkandıkça bozulmadan kalmaları için renklerini nasıl açıp yeniden boyayacağını çok iyi biliyordu. Giulia babasının bütün hareketlerini saatlerce büyük bir dikkatle izliyordu. Babası saçları, tıpkı annesinin makarnalarını gözlediği gibi, tüm dikkatiyle inceliyordu. Tahta kepçeyi eline alıp karıştırıyor, bir süre kaynamaya bırakıyor, sonra yeniden karıştırıyor ve bu işlem durmaksızın böylece devam edip gidiyordu. Saçlara sonsuz bir sabır, titizlik, sevgi ve özen gösteriyordu. Bir gün insanlar tarafından kullanılacaklarını, bu nedenle onlara büyük saygı gösterilmesi gerektiğini sürekli tekrarlıyordu. Giulia bazen, ileride bu perukları takacak olan kadınları hayal ediyordu; erkekler onurlarına yediremediklerinden ve erkekliklerine toz kondurmak istemediklerinden postiş kullanmıyorlardı.

Nedendir bilinmez, bazı saçlar Lanfredi ailesinin gizli formülüne direniyordu. Kazanlardakilerin büyük bir bölümü başka renklere boyanmalarını sağlayacak şekilde süt gibi bembeyaz çıkarken, küçük bir bölümü de asıl renklerini korumaya devam ediyordu. Asi olanlar gerçek bir sorun teşkil ediyordu çünkü müşterilerin özenle boyanmış saçlar arasında inatçı bir tutam siyah veya kahverengi saç bulması söz konusu olamazdı. Gözleri çok keskin olduğundan bu hassas iş Giulia'ya düşüyordu. İnatçı telleri tutamların içinden eliyle tek tek ayıklaması gerekiyordu. Tam bir cadı avı olan bu görevi her gün hiç durmadan, büyük bir titizlikle yerine getiriyordu.

Paola'nın sesi Giulia'yı daldığı hayallerden çekip çıkardı:

"Yorgun görünüyorsun, *mia cara**."

"Yine bütün gece kitap okudun tabii."

Giulia inkâr etmedi çünkü Paola'dan bir şey saklamak mümkün değildi. Yaşlı kadın atölyedeki işçilerin duayeniydi. Burada herkes onu *Nonna*** diye çağırıyordu. Giulia'nın babasının çocukluğunu bile biliyordu; önüne gelene, çocukken sürekli onun ayakkabı bağcıklarını bağladığını anlatıyordu. Yetmiş beş yaşında olmasına rağmen gözünden hiçbir şey kaçmıyordu. Elleri yıpranmış, derisi parşömen kâğıdı gibi buruşmuş olsa da gözleri hâlâ çok keskindi. Yirmi beş yaşında

---

* (*İt.*) Canım. *(e.n.)*

** (*İt.*) Büyükanne. *(e.n.)*

dul kalmış olmasına karşın bir daha asla evlenmemiş ve dört çocuğunu tek başına büyütmüştü. Neden tekrar evlenmediğini soranlara cevap olarak özgürlüğüne çok düşkün olduğunu söylüyordu. Giulia'yı sürekli, "Evli bir kadın kocasına hesap vermek zorundadır," diye uyarıyordu. "Ne istersen yap, *mia cara*, ama kesinlikle evlenme," diyordu. Sık sık babasının kendisi için seçtiği bir koca adayıyla nişanlandığını anlatıyordu. Müstakbel kocasının ailesinin limon tarlaları vardı. *Nonna* daha evlendiği gün limon toplamaya başlamıştı. Köyde dur durak bilmeden çalışıyorlardı. Kocasının ellerine ve giysilerine sinen o limon kokusunu dün gibi hatırlıyordu. Kocası birkaç sene sonra zatürreden ölüp de dört çocuğuyla bir başına kalınca iş aramak için şehre gitmek zorunda kalmış, böylece Giulia'nın büyükbabasının atölyesinde işçi olarak çalışmaya başlamıştı ve tam elli yıldır da çalışmaya devam ediyordu.

"Kitap okuyarak koca bulamazsın!" diye takıldı Alda.

Nonna, "Kızı rahat bırak!" diye çıkıştı.

Giulia koca aramıyordu. Diğer yaşıtları gibi boş zamanlarını kafelerde veya barlarda geçirmiyordu. Annesi ondan sürekli, "Kızım biraz yabanidir," diye bahsediyordu. O, barların bangır bangır gürültüsü yerine halk kütüphanesinin sessizliğini tercih ediyordu. İstisnasız her gün öğle tatilini kütüphanede geçiriyordu. Doymak bilmez bir iştahla sürekli okuyan Giulia, duvarları kitap kaplı büyük okuma salonlarının sayfa seslerinden başka bir şeyin duyulmadığı atmosferini seviyordu. Orada içini huzurla dolduran, neredeyse dinsel ve mistik bir ibadet havası buluyordu. Kitap okurken zamanın nasıl geçtiğinin farkına varmıyordu. Çocukluğunda atölyedeki işçilerin ayaklarının dibine oturup Emilio Salgari'nin romanlarını yutarcasına okurdu. İleriki yaşlarda şiiri keşfetmişti. Ungaretti'yi Caproni'ye tercih ediyordu, Moravia'nın yazılarını ve özellikle de yatağının başucundan ayırmadığı Pavese'nin sözcüklerini çok seviyordu. Giulia bazen hayatını sadece Pavese okuyarak geçirebileceğini düşünüyordu. Kitap okurken yemek yemeği unuttuğu dahi oluyordu. Öğle yemeğinden karnı aç döndüğü zamanların sayısı az değildi. Bu böyleydi; kimileri *cannoli** yutardı, o ise kitapları yutuyordu.

Giulia o gün öğleden sonra atölyeye geri döndüğünde işçilerin çalıştığı büyük salonu alışkın olmadığı bir sessizlik içinde buldu. İçeri adımını atar atmaz bütün bakışlar aniden ona çevrildi.

Nonna duymaya hiç alışkın olmadığı bir sesle, "*Mia cara*," dedi, "annen telefon etti."

"Babana bir şey olmuş."

* Hamurdan yapılan bir İtalyan tatlısı. *(e.n.)*

Sarah

Montreal, Kanada

Alarmın sesiyle birlikte geri sayım başladı. Sarah, sabah yataktan çıktığı an başlayıp gece yatağa girene dek zamana karşı yarışıyordu. Daha gözünü açar açmaz beyni bir bilgisayar gibi çalışmaya başlıyordu.

Her sabah saat beşte uyanıyordu. Dakikalar sayılı olduğundan daha fazla uyumaya vakti yoktu. Günleri, tıpkı her sene okullar açılırken matematik dersi için çocuklarına aldığı kâğıttan yapraklar gibi milimetrik bir biçimde düzenlenmiş ve kronometreye bağlanmıştı. İşten, annelikten, sorumluluklardan önceki o kaygısız dönemler çok gerilerde kalmıştı. O zamanlar bir telefonla günün akışını değiştirmek mümkündü: "Bu akşam şunu yapmaya ne dersin?", "Falanca yere gitmeye ne dersin?" Bugün artık her şeyi önceden planlamak, organize etmek, öngörmek gerekiyordu. Artık hayatında plansızlığa yer yoktu; çok iyi öğrendiği rolünü her gün, her hafta, her ay, her sene tekrar edip oynuyordu. O artık bir anne, üst düzey bir yönetici, bir *working-girl**, bir *it-girl***, bir

---

* (*İng.*) Çalışkan kız. (*e.n.*)

** (*İng.*) Bir dönemi tek başına etkileyen; stiliyle, duruşuyla genç kadınlara örnek olan ve dönemin kadınını temsil eden ünlülere verilen isim. (*e.n.*)

*wonder-woman**; kısaca kadın dergilerinin onun gibi kadınların sırtına yapıştırdığı ve omuzlarına ağır birer yük olarak koyduğu bütün etiketleri taşıyordu.

Sarah yataktan çıktı, duş alıp giyindi. Bütün hareketleri bir askerî senfoni orkestrası gibi tam ve kusursuzdu. Mutfağa inip kahvaltı masasını hazırladı. Her gün olduğu gibi masaya aynı sırayla Hannah ve Simon için süt, kâse, portakal suyu, çikolata, krep; Ethan için mısır gevreği, kendisi için de koyu bir kahve koyduktan sonra çocukları uyandırmaya gitti. Önce Hannah'yı, ardından ikizleri uyandırdı. İkizler, Ron'un dün akşamdan hazırladığı giysilerini üzerlerine geçirirlerken Hannah da beslenme çantalarını organize etti. Herkes ışık hızıyla hazırlandıktan sonra Sarah arabasını şehrin sokaklarında son sürat sürerek önce Simon ve Ethan'ı ilkokula, sonra da Hannah'yı ortaokula bıraktı. "Hiçbir şey unutmadığına emin misin?", "Paltonu giy!", "Matematik sınavın için iyi şanslar!", "Arkada boğuşmayı kesin!", "Hayır, jimnastik dersine gideceksin," ile nihayet geleneksel "Hafta sonu babanıza gidiyorsunuz," ve öpücük faslından sonra büronun yolunu tuttu.

Saat tam sekizi yirmi geçe arabasını otoparka, üzerinde adı yazılı olan levhanın önüne park etti: "Sarah Cohen, Johnson&Lockwood". Her sabah gururla seyrettiği bu levha, onun için arabasının yerinden çok daha fazlasını ifade ediyordu. Bu levha aynı zamanda bir unvanı, bir rütbeyi, Sarah'nın dünyadaki yerini ifade ediyordu. Bir ömürlük çalışmayı, kendini gerçekleştirmeyi, kazandığı başarıyı, sahip olduğu alanı ifade ediyordu.

Binanın holünde her günkü ritüele uygun olarak önce kapıdaki görevli, sonra da santral memuru selamladı onu. Bütün çalışanlar ona saygı gösteriyordu. Asansöre binip sekizinci

* (*İng.*) Hayranlık uyandıran, merak edilen kadın. *(e.n.)*

katın düğmesine bastı, kata geldiğinde koridordan hızlı adımlarla geçerek bürosuna yöneldi. Bu sabah ofis fazla kalabalık değildi, Sarah genellikle işe ilk gelip son giden oluyordu. Ne de olsa bedel ödenmeden bir kariyer inşa edilmiyordu. Böyle bir bedel ödenmeden şehirdeki en pahalı ve en saygın hukuk bürolarından biri olan Johnson&Lockwood Hukuk Bürosu'nun eşit ortağı Sarah Cohen olunmuyordu. Çalışanlarının büyük çoğunluğunu kadınlar oluşturuyor olsa da maço yöneticileriyle ün salmış bu hukuk bürosunda ortaklığa terfi eden ilk kadın oydu. Hukuk fakültesindeki eski arkadaşlarının çoğu cam tavana çarpmışlardı. İçlerinden bazıları aldıkları uzun ve zor eğitime rağmen bir süre sonra vazgeçmiş, kariyer değiştirmeyi tercih etmişlerdi. Ancak o bunu yapmamıştı. Sarah Cohen bunu yapmamıştı. Fazla mesailerle, büroda geçirdiği hafta sonlarıyla, savunmalarını hazırladığı uykusuz gecelerle cam tavanı tuzla buz edip havaya uçurmuştu.

On yıl önce binanın mermer kaplı büyük holüne adımını attığı o ilk günü dün gibi hatırlıyordu. İş görüşmesi için geldiği o gün kendisini tam sekiz erkeğin karşısında bulmuştu. Bu sekiz erkeğin içinde bürosundan çıkıp toplantı salonuna inmeye lütfeden hukuk bürosunun kurucu ve yönetici ortağı, şirkette ilah gibi görülen Johnson da vardı. Ağzını açıp tek kelime etmemiş, onu sert bir ifadeyle süzmüş ve öz geçmişinin her bir satırını en ufak bir yorumda bulunmadan incelemekle yetinmişti. Sarah sarsıldığını hissetmiş olsa da çok uzun bir süredir icra ettiği maske takma sanatında uzmanlaşmış olduğundan, bunu belli etmemeyi başarmıştı. Johnson ona en ufak bir ilgi göstermediği ve tek bir soru dahi sormadığı için, görüşmeden çıktığında sonuçtan hiç de umutlu değildi. Görüşme boyunca tıpkı usta bir poker oyuncusu gibi ifadesiz bir suratla oturması ve sonunda soğuk bir biçimde "İyi günler," demesi pek ümit verici sayılmazdı doğrusu. Sarah, ortaklık pozisyonuna pek çok kişinin başvurduğunu biliyordu. O sıralar çalıştığı hukuk bürosu daha küçük ve daha az ünlü olduğundan işi kolay değildi. Diğer adaylar ondan daha tecrübeli, daha atılgan ve belki de daha şanslıydılar.

Sarah daha sonra Johnson'ın, diğer bütün adaylar arasından kendisini seçtiğini öğrenmişti; hem de Gary Curst'ün tüm itirazlarına rağmen... Buna alışması gerekecekti. Çünkü Gary Curst, Sarah'yı sevmiyordu ya da biraz fazla seviyordu; belki onu kıskanıyordu belki de arzuluyordu, nedeni her ne ise, koşullar ne olursa olsun ona karşı daima iflah olmaz bir biçimde düşmanca davranıyordu. Sarah kadınlardan nefret eden, kadınları bir tehdit olarak gören hırslı erkekleri iyi tanıyordu; onlarla her gün karşılaşıyordu ancak hiç umursamıyordu. Ardına dahi bakmadan yoluna devam ediyordu. Johnson&Lockwood Hukuk Bürosu'nda basamakları dört nala giden bir at gibi tırmanmış, adı adliyede nam salmıştı. Mahkeme salonu Sarah'nın arenası, Kolezyum'u olmuştu. Mahkeme salonuna girdiğinde uzlaşmaz ve acımasız bir dövüşçüye, bir savaşçıya dönüşüyordu. Savunmasını yaparken sesini hafifçe değiştiriyor, daha tok ve vakur bir sesle konuşuyor; kısa, keskin, yumruk gibi inen cümleler kuruyordu. Rakiplerinin iddialarındaki en ufak çatlaktan, en ufak zayıflıktan faydalanıp onları nakavt ediyordu. Bütün dosyalarını ezbere biliyordu. Asla yıkılmıyor, asla yenilmiyordu. Mezuniyetinden sonra Winston Sokağı'ndaki o küçük hukuk bürosunda çalışmaya başladığından beri aldığı davaların neredeyse hepsini kazanmıştı. Rakiplerinin hem hayranlık hem de korku duydukları bir avukattı. Henüz kırk yaşında bile değildi ama kendi kuşağından avukatlar için bir başarı örneğiydi.

Yakında yönetici ortağı olacağı söylentisi büroda ağızdan ağıza dolaşıyordu. Johnson yaşlanmıştı, yerine geçecek biri gerekiyordu. Bütün ortakların Johnson'ın yerinde gözü vardı.

Daha şimdiden herkes kendini onun yerinde görüyordu. Bu görev ulaşılabilecek en yüksek zirve, avukatlık mesleğinin Everest'iydi. Sarah bu pozisyona gelmek için gerekli her şeye sahipti: örnek bir kariyer, bitmek bilmez bir azim, kimsenin yarışamayacağı bir çalışma kapasitesi... Daha çok, onu sürekli hareket hâlinde olmaya iten bir çeşit bulimia... Sarah bir sporcu, zirveye ulaşır ulaşmaz yeni bir zirveye tırmanmaya başlayan bir dağcıydı. Hayatını uzun bir tırmanış gibi görüyordu. Zirveye ulaştığında ne olacağını zaman zaman merak ediyordu. Fazla umuda kapılmasa da içten içe o günü beklediği bir gerçekti.

Elbette bulunduğu yere gelmek için pek çok fedakârlık yapmak zorunda kalmıştı. Kariyeri, uykusuz geçen sayısız geceye ve iki evliliğe mal olmuştu. Sarah, sık sık erkeklerin kendilerini gölgede bırakmayan kadınlardan hoşlandıklarını söylerdi; iki avukatın evliliğinde de biri fazlaydı. Bir gün bir dergide –aslında dergi okuyan bir kadın değildi– avukat çiftlerin evlilik süresi hakkında son derece acımasız bir istatistik görmüştü. Bunu o zamanki kocasına da göstermiş ve birlikte gülmüşlerdi. Gelgelelim ertesi sene onlar da boşanmışlardı.

İşi bütün zamanını aldığı için Sarah çocuklarıyla paylaştığı pek çok şeyden vazgeçmek zorunda kalmıştı. Her ne kadar itiraf etmese de çocukların okul gezilerine, yıl sonu kermeslerine, dans gösterilerine, doğum günü partilerine, tatillerine katılamamak aslında ona çok zor geliyordu. Bütün bu anların asla geri gelmeyeceğinin farkındaydı ve buna çok üzülüyordu. Çalışan annelerin yaşadıkları o suçluluk duygusunu gayet iyi biliyordu. O duyguyla, Hannah'yı henüz beş günlükken, o dönem çalıştığı hukuk bürosundaki acil bir işi halletmek için bir bakıcının kucağına bıraktığında tanışmıştı. İş yerinde gözü yaşlı bir annenin işini aksatmasına yer olmadığını anlaması uzun sürmemişti. İşe gitmeden önce gözyaşlarını kalın bir fondöten tabakasının ardına saklamayı öğrenmişti. Her ne kadar canı yansa, içi bin parça olsa da bunu kimseyle paylaşamıyordu. Kocasının vurdumduymazlığına, tuhaf bir biçimde bu duygudan yoksun yaratılmış erkeklerin o büyüleyici rahatlığına gıpta etmiyor değildi doğrusu. Erkekler evlerinin kapısından küstah bir boşvermişlikle çıkıyor, işe giderken yanlarına sadece dosyalarını alıyorlardı. O ise tıpkı ağır kabuğunu sırtında taşıyan bir kaplumbağa gibi suçluluğunun yükünü gittiği her yere sürüklüyordu. İlk başlarda bu duyguyla savaşmaya, onu dışlamaya, inkâr etmeye çalışmış; ancak başaramamıştı. Ve nihayet hayatında ona bir yer açmak zorunda kalmıştı. Suçluluk duygusu davet etmediği hâlde gittiği her yere peşinden gelen eski bir yoldaş gibiydi. Bir tarlanın ortasına dikilmiş reklam levhası, bir yüzün ortasında çıkmış siğil gibi çirkin ve gereksizdi, ancak vardı. Oradaydı. Kabul etmekten başka çaresi yoktu.

Sarah iş arkadaşlarına ve ortaklarına hiçbir şey belli etmiyordu. İş yerinde çocuklarından asla bahsetmemeyi kural hâline getirmişti. Onların adlarını dahi anmıyor, bürosunda fotoğraflarını bulundurmuyordu. Çocukları pediatri uzmanına götürmek zorunda olduğunda veya okullarından çağrıldığı ve gitmemezlik edemeyeceği durumlarda bürodan çıkarken "dışarıda bir randevusu" olduğunu söylemeyi tercih ediyordu. Eve gitmeden önce bir iki kadeh içmek için işten biraz erken çıkmanın, çocukların bakıcı problemi yüzünden işten erken çıkmaktan çok daha fazla hoşgörüyle karşılandığını biliyordu. Yalan söylemek, kılıfına uydurmak, hikâye yazmak da dahil olmak üzere her türlü bahane çocuk sahibi olduğunu itiraf etmekten çok daha iyiydi çünkü çocuk sahibi olmak "zincirleriniz", "bağlarınız", "zorunluluklarınız" olduğu anlamına geliyordu. Bütün bunlar da her an işiniz için müsait olmanıza, kariyerinizde ilerlemenize engel olan unsurlardı. Sarah daha önce çalıştığı hukuk bürosunda, ortak olarak atandıktan sonra hamile kaldığı için görevinden alınarak yeniden yardımcı avukat pozisyonuna getirilen meslektaşını unutmamıştı. Bu; kadınların maruz kaldıkları sessiz ve görünmez, kimsenin dile getirmediği, sıradanlaşmış bir şiddetti. Sarah bu olaydan dersini almıştı. Her iki hamileliğini de üstlerine bildirmemişti. Şaşırtıcı bir biçimde karnı uzun süre büyümemişti. Neredeyse yedinci aya kadar hamileliği dışarıdan belli olmuyordu; ikizlere hamileyken bile... Sanki çocukları, varlıklarını pek belli etmemelerinin daha iyi olacağını anlamış gibiydi. Bu onların küçük sırrı, aralarındaki bir tür yazısız anlaşmaydı. Sarah mümkün olan en kısa süre için doğum iznine ayrılmış ve sezaryenle doğum yaptıktan iki hafta sonra yorgun ama itinayla makyaj yapılmış yüzü, mükemmel gülümsemesi ve düzgün görünümüyle işe geri dönmüştü. Her sabah arabasını hukuk bürosunun otoparkına park etmeden önce yakındaki bir süpermarketin otoparkında duruyor ve kimsenin görmemesi için arkadaki iki bebek koltuğunu çıkarıp bagaja saklıyordu. Elbette iş yerindekiler çocukları olduğunu biliyorlardı ancak Sarah bunu onlara hatırlatmamaya büyük özen gösteriyordu. Sadece bir sekreter, mama veya diş çıkarma gibi konulardan bahsedebilirdi ancak ortaklık pozisyonundaki bir avukatın böyle bir hakkı yoktu. Bu nedenle profesyonel hayatı ile aile hayatı arasına tam yalıtımlı bir duvar örmüştü. Bu iki hayat, birbirine asla değmeyen iki paralel çizgi hâlinde ilerliyordu. Kırılgan ve zayıf olan duvarda bazen çatlaklar oluşuyordu ve belki bir gün tamamen yıkılabilirdi de. Ama önemli değildi. İleride çocuklarının annelerinin kim olduğunu ve neler başardığını görünce kendisiyle gurur duyacaklarını düşünmek hoşuna gidiyordu. Çocuklarının yanında olamadığı zamanları, birlikte geçirdikleri anların kalitesiyle telafi etmeye çalışıyordu. Özel hayatında çocuklarına karşı sevecen ve ilgili bir anneydi. Geri kalan her şey içinse çocukların *Magic Ron* adını taktıkları Ron vardı. Neredeyse bir unvan hâline gelen bu takma ad Ron'u güldürüyordu.

Sarah, Ron'u ikizlerin doğumundan birkaç ay sonra işe almıştı. Ron'dan önceki bakıcısı Linda ile anlaşamamışlardı. Sürekli işe geç gelmesi ve gönülsüz bir biçimde çalışması dışında bir çırpıda kovulmasına sebep olan büyük bir hata yapmıştı. Bir gün Sarah unuttuğu bir dosyayı almak için haber vermeden eve döndüğünde dokuz aylık Ethan'ı yatağında tek başına bulmuştu. Linda bir saat sonra hiçbir şey olmamış gibi yanında Simon ile pazardan dönmüştü. Suçüstü yakalanınca da ikizlerle dışarı çıkmanın çok zor olduğunu, o yüzden her gün bir tanesini çıkardığını itiraf etmişti. Sarah onu o gün işten kovmuştu. İş yerine şiddetli bir siyatik ağrısı yüzünden kalkamadığını bildirip sonraki günler, içlerinde Ron'un da bulunduğu çok sayıda bakıcı adayıyla görüşmüştü. İlk başta adaylar arasında bir erkek olmasına şaşırmış ve gazetelerde çıkan haberleri de düşünerek görüşmeye çağırmamaya karar vermişti. Üstelik iki kocasının da bez değiştirme ve biberon verme sanatında ne kadar yeteneksiz olduklarını bildiği için bir erkeğin böyle bir işte başarılı olabileceğinden epey şüpheliydi. Ancak sonra Johnson&Lockwood Hukuk Bürosu'nda girdiği iş görüşmesini ve bir kadın olarak o ortamda kendini kabul ettirmek için harcamak zorunda kaldığı çabayı hatırlayınca fikrini değiştirmişti. Ron da diğerleri gibi bir şansı hak ediyordu. Kusursuz bir öz geçmişi ve oldukça sağlam referansları vardı. Ayrıca iki çocuk babasıydı ve onlara yakın bir mahallede oturuyordu. İş için gerekli bütün özelliklere sahip görünüyordu. Sarah iki haftalık deneme yapmayı önermiş ve bu sürede Ron'un bu iş için biçilmiş kaftan olduğunu görmüştü. Çocuklarla saatlerce oynuyor, muhteşem yemekler pişiriyor, alışverişe gidiyor, temizlik yapıyor, çamaşır yıkıyor;

kısacası günlük hayatın bütün angaryalarını Sarah'nın sırtından alıyordu. İkizler ve o zaman beş yaşında olan Hannah da onu hemen benimsemişti. Sarah, o dönem ikizlerin babası olan ikinci kocasından yeni ayrılmıştı ve sadece anne figürünün olduğu bir evde bir erkek figürünün de bulunmasının iyi olacağını düşünmüştü. Belki de bilinçaltında, bir erkeği işe alırsa anne olarak kendisine ait olan yeri bir başkasına kaptırmayacağından emin olmak istiyordu. Nitekim Ron kısa sürede hem onun hem de çocukların hayatında vazgeçilmez olan *Magic Ron*'a dönüşmüştü.

Sarah aynaya baktığında karşısında kırk yaşında ve hayatta her şeyi başarmış bir kadın görüyordu. Dünya güzeli üç çocuğu, şehrin zengin muhitlerinden birinde lüks bir evi, herkesin gıpta ettiği bir kariyeri vardı. Dergilerdeki o mutlu ve başarılı kadınlara benziyordu. Ünlü tasarımcıların elinden çıkma tayyörleri ve mükemmel makyajının ardına sakladığı yarası, dışarıdan bakıldığında hiç mi hiç belli olmuyordu.

Oysa oradaydı.

Ülkedeki binlerce kadın gibi, Sarah Cohen de iki parçaya bölünmüş bir hâlde, her an patlamaya hazır bir bomba gibiydi.

Smita

Badlapur köyü, Uttar Prade, Hindistan

"Buraya gel."

"Yıkan."

"Oyalanma."

"Bugün başlıyorsun. Geç kalmamalısın."

Smita kulübenin arkasındaki avluda Lalita'nın yıkanmasına yardım etti. Uysal bir biçimde kendisini annesinin ellerine teslim eden küçük kız, gözüne su kaçtığında bile şikâyet etmedi. Smita kızının beline kadar inen saçlarını taradı. Doğduğundan beri hiç kesilmemişlerdi, burada gelenek böyleydi; kadınlar doğdukları an itibariyle saçlarını uzun yıllar, hatta bazen hayat boyu kesmiyorlardı. Lalita'nın saçlarını üç parçaya ayırıp becerikli hareketlerle birbirlerine dolayarak ördü. Sonra gecelerce uykusuz kalarak kızı için diktiği *sari*'yi[*] uzattı. Smita'nın okula giden çocukların giydikleri üniformayı alacak parası yoktu ancak bu önemli değildi. Her şeye rağmen kızı okula başladığı gün çok güzel olacaktı.

Okulda kantin olmadığından ve çocukların öğle yemeklerini evden getirmeleri gerektiğinden şafak vakti kalkıp kızının

[*] Sari; Hint kadınlarına mahsus, kumaş boyu üç ila beş metre arasında değişen ve sarınılarak giyilen bir tür elbise. *(e.n.)*

yemeğini hazırlamıştı. Lalita'nın okulun ilk gününde afiyetle yemesi için pilav pişirmiş, içine de özel günler için sakladığı köriden biraz eklemişti. Okuma yazma öğrenmek için enerji gerekliydi. Kızının yemeğini, iyice yıkadıktan sonra elleriyle süslediği bir teneke kutudan uydurduğu sefer tasına koymuştu. Lalita'nın diğer çocukların önünde utanmasını istemiyordu. Kızı da tıpkı diğer çocuklar gibi okumayı öğrenecekti. Jatilerin çocukları gibi.

"Pudra sür."

"Sunakla ilgilen."

"Acele et!"

Hem mutfak hem yatak odası, hem de mabet görevi gören tek odalı kulübede tanrılara ayrılan küçük sunağı temizleme görevi Lalita'ya aitti. Bir mum yakıp dinsel imajların önüne yerleştirdi. Duanın sonunda küçük çanı çalmak da onun göreviydi. Smita ve kızı, birlikte yaşamın ve yaradılışın tanrısı, bütün insanların koruyucusu Vishnu'ya dua ettiler. Dünyanın düzeni bozulduğunda bunu düzeltmek için Vishnu; bir balık, bir kaplumbağa, bir yaban domuzu, bir yarı insan-yarı aslan veya bir insan kılığında yeryüzüne iniyordu. Lalita akşam yemeğinden sonra küçük sunağın önüne oturup annesinin anlattığı Vishnu'nun on avatarının hikâyelerini dinlemeye bayılıyordu. İnsan olarak yeryüzüne indiği ilk sefer Brahmanları Kshatriyalara* karşı savunmuş, Kshatriyaların kanıyla tam beş göl doldurmuştu. Lalita bu hikâyeyi her duyduğunda tüyleri diken diken oluyordu. Oyun oynarken en ufak bir karıncayı, bir örümceği ezmemeye özen gösteriyordu. Hiç belli olmazdı, Vishnu bu zavallı yaratıkların birinde vücut bulup

---

* Kshatriya sınıfı, önemli asker ve yöneticilerden oluşur. Kast sisteminin ikinci üst tabakasını temsil eder. *(e.n.)*

yeryüzüne inmiş olabilirdi. Bunu düşünmek hoşuna gidiyordu ancak bir yandan da ürkütücüydü. Nagarajan da akşamları sunağın yanında oturup Smita'nın anlattığı hikâyeleri dinlemeyi seviyordu. Karısı okumayı bilmemesine rağmen hikâye anlatmayı çok iyi beceriyordu.

Bu sabah Smita'nın hikâye anlatacak vakti yoktu. Nagarajan her zaman olduğu gibi erkenden, daha güneş doğar doğmaz kalkıp işe gitmişti. Baba mesleği olan fare avcılığı yapıyordu. Jatilerin tarlalarındaki fareleri avlıyordu. Çıplak elle fare yakalama sanatı çok eski bir gelenek, kuşaktan kuşağa miras olarak aktarılan önemli bir beceriydi. Bu kemirgenler sadece ürünleri yemekle kalmıyor, aynı zamanda yeraltında tüneller kazarak toprağı zayıflatıyordu. Nagarajan tarlalardaki farelere has o minik delikleri bir bakışta tanımayı öğrenmişti. "Çok dikkatli olmalısın," demişti babası. "Ve çok sabırlı... Korkma. İlk başlarda fareler elini ısıracaklar ama zamanla öğreneceksin." Yakaladığı ilk fareyi dün gibi hatırlıyordu. Elini ilk kez bir fare deliğine soktuğunda sekiz yaşındaydı. Elinde aniden şiddetli bir acı hissetmişti, fare başparmağıyla işaret parmağı arasındaki derinin o çok ince olduğu yumuşak bölgeyi ısırmıştı. Çığlık çığlığa bağırarak kanlar içinde kalmış elini delikten çıkardığında babası gülmüştü. "Yanlış yapıyorsun," demişti. "Daha hızlı olmalısın. Neye uğradıklarını anlamalarına zaman tanımadan, aniden yakalamalısın. Bir daha dene." Nagarajan korku içinde, gözyaşlarına hâkim olmaya çalışmıştı. "Bir daha dene!" Koca fareyi deliğinden çıkarana kadar tam altı kere denemiş, altı kere elini ısırtmıştı. Babası hayvanı kuyruğundan tuttuğu gibi kafasını bir taşa vurarak öldürdükten sonra, "İşte böyle!" diyerek oğluna uzatmıştı. Nagarajan ölü fareyi onun elinden alıp bir kupa kazanmış gibi gururla eve götürmüştü.

Annesinin eline pansuman yaptıktan sonra kızarttığı fareyi, akşam yemeğinde hep birlikte yemişlerdi.

Nagarajan gibi Dalit sınıfından olanların maaşları yoktu, sadece yakaladıkları fareleri almaya hakları vardı. Bu onlara tanınan bir tür ayrıcalıktı çünkü tıpkı tarlalar, tarlaların üstünde ve altında var olan her şey gibi fareler de Jatilere aitti.

Kızartılmış farenin tadı hiç fena değildi. Bazıları tadının tavuğa benzediğini söylüyordu. Fakirlerin, Dalitlerin tavuğuydu bu. Yedikleri tek etti. Nagarajan, babasının fareleri hazmı zor olan kuyruğu dışında, derileri ve tüyleri de dahil olmak üzere bütünüyle yediğini anlatıyordu. Hayvanı bir çubuğa geçirip ateşte kızarttıktan sonra olduğu gibi yiyordu. Nagarajan bu hikâyeyi her anlattığında Lalita'yı bir gülme tutuyordu. Smita derisini yüzerek pişirmeyi tercih ediyordu. Her akşam Nagarajan'ın o gün yakaladığı fareyi pişme suyunu sos olarak kullandığı pilavın yanına katık ediyordu. Bazı akşamlar yemekte helalarını temizlediği evlerden verdikleri ve komşularıyla paylaştığı artıklar da oluyordu...

"İşte senin *bindi*'n*."

"Unutma."

Lalita bir gün önce yol kenarında oynarken bulduğu oje şişesini birkaç parça eşyasının içinden çıkardı. Yoldan geçen bir kadının çantasından düşürdüğünü gördüğü ojeyi çaldığını annesine söylemeye cesaret edememişti. Şişe yolun kenarındaki çukura yuvarlanmış, çocuk da düştüğü yerden alıp bir hazine gibi avuçlarının içine saklamıştı. Akşam ganimetini eve getirince annesine sokakta bulduğunu söylemişti. İçinde hem büyük bir sevinç hem de büyük bir utanç vardı. Tanrı Vishnu bu yaptığını bir bilseydi!

---

* Hindistan'da alnın ortasına, kaşlara yakın kısmına, farklı renklerde bir nokta olarak uygulanan "bindi"; Sanskrit dilinde "bindu" kelimesinden türetilmiş olup kişinin gizemli üçüncü gözünü ifade eder. *(e.n.)*

Smita oje şişesini kızının elinden alıp alnının ortasına kıpkırmızı, yuvarlak bir nokta yaptı. Biraz antrenman gerektiren hassas bir teknikti bu, çünkü yuvarlağın mükemmel olması gerekiyordu. Parmağının ucuyla yaptığı hafif dokunuşlarla ojeyi sürdükten sonra pudrayla sabitledi. *Bindi*, burada yaşayanların deyişiyle "üçüncü göz", enerjiyi koruyup konsantrasyonu artırıyordu. Annesi Lalita'nın bugün buna ihtiyacı olacağını düşünüyordu. Çocuğun alnındaki muntazam yuvarlak noktaya bakıp gülümsedi. Lalita güzel bir çocuktu: Zarif hatları, siyah gözleri, gül gibi katmerli dudakları vardı. Yeşil *sari*'sinin içinde çok güzel görünüyordu. Smita artık okullu olan kızına bakınca göğsü gururla kabardı. Kızının elinden tutup karayoluna doğru götürürken, *Fare yiyor olabilir ama okumayı bilecek*, diye geçirdi içinden. Kamyonlar oraya sabahın erken saatlerinden itibaren üşüştüğünden, kızının ne bir trafik ışığı ne de bir yaya geçidi bulunan yoldan karşıya geçmesine yardım edecekti.

Yol boyu Lalita annesine endişeli gözlerle baktı. Onu asıl korkutan şey kamyonlar değil, anne babasının bile bilmediği ve tek başına girmeye hazırlandığı bu yeni dünyaydı. Smita kızının yalvaran bakışlarını üzerinde hissediyordu. Geri dönmek, hasır sepetini eline alıp Lalita'yı yanında işe götürmek çok kolaydı. Ama hayır, o, kızının yolun kenarına kustuğunu görmeyecekti. Onun kızı okula gidecekti. Onun kızı okumayı, yazmayı ve sayı saymayı öğrenecekti.

"Çalışkan ol."

"İtaatkâr ol."

"Öğretmenini dinle."

Küçük kızı yüzündeki panik dolu ifadeyle birden gözüne o kadar kırılgan göründü ki Smita onu kollarına alıp hiç bırakmamak istedi. Ancak bu isteğine engel olması, kendisiyle savaşması gerekiyordu. Nagarajan görüşmeye gittiğinde öğretmen "Tamam," demiş, Smita'nın bütün birikimlerini sakladığı –bu amaçla aylar boyu eline geçen bozuk paraları koyduğu– kutuyu süzmüştü. Sonra da onu Nagarajan'ın elinden alıp "Olur," demişti. Smita gayet iyi biliyordu, burada işler böyle yürüyordu. Burada paranın sözü geçiyordu. Nagarajan karısına iyi haberi getirdiğinde ikisi de mutluluktan havalara uçmuşlardı.

Yolu geçtiklerinde aniden, şimdi, burada, yolun öbür tarafında kızının elini bırakma vakti gelip çattı. Smita kızına, "Sevinmelisin," demeyi çok isterdi. "Senin hayatın benimki gibi olmayacak. Sen sağlıklı olacaksın, benim gibi öksürmeyeceksin, benimkinden daha iyi ve daha uzun bir hayatın olacak. Saygı göreceksin. Üzerinde bu iğrenç, asla çıkmayan lanet koku olmayacak. Sen saygın bir insan olacaksın. Kimse, köpeğin önüne atar gibi, yiyecek artıklarını atmayacak sana. Bir daha asla ne başını ne de bakışlarını yere eğmek zorunda kalacaksın..." Smita kızına bütün bunları söyleyebilmek isterdi. Ancak nasıl söyleyeceğini bilmiyordu. Kızına umutlarından, aklındaki çılgın hayallerden, karnında uçuşan kelebeklerden nasıl bahsedebileceğini bilmiyordu.

O yüzden Lalita'ya doğru eğilip sadece, "Hadi git..." demekle yetindi.

Giulia

Palermo, Sicilya

Giulia yatakta sıçrayarak gözünü açtı. Çocukken en çok sevdiği şey sabahları babasıyla tura çıkmaktı. Sabah erkenden Vespa'ya atlıyorlardı; Giulia arkaya değil öne, babasının kucağına oturuyordu. Rüzgârın saçlarını savuruşunu, hızın yarattığı o baş döndürücü sonsuzluk ve özgürlük hissini her şeyden çok seviyordu. Hızdan korkmuyordu, çünkü babasının kollarındayken başına hiçbir şeyin gelmeyeceğini biliyordu. Yokuş aşağı inerlerken zevkten ve heyecandan çığlık çığlığa bağırarak; Sicilya sahillerini ışığa boğan güneşi, yavaş yavaş hareketlenmeye başlayan kenar mahalleleri, sabah mahmurluğu içinde usulca uyanan hayatı seyrediyordu.

En çok sevdiği diğer şey ise birer birer kapıları çalmaktı. "Günaydın, *cascatura* için…" diyordu gururla. Bazen saç paketlerinin yanında bir şeker veya bir kartpostal verenler de oluyordu. Giulia gururla aldığı ganimeti babasına uzatıyordu. Babası çantasından; büyükbabasından babasına, ondan da kendisine miras kalan demir tartıyı çıkarıp saç tutamlarını tarttıktan sonra parasını ödüyordu. Eskiden saçların karşılığında kibrit veriyorlardı ancak çakmak icat olduğundan beri kibrit imalatı durduğu için artık saçları parayla alıyorlardı.

Babası sık sık gülerek, odalarından çıkmaya gücü olmayan ihtiyarların, saçları bir ipin ucuna bağladıkları sepetlerle aşağıya sarkıttıklarını anlatıyordu. Aşağıdan eliyle yukarıya bir selam gönderdikten sonra, sepetteki saçları alıp yerine parayı koyuyordu ve sepet indiği yoldan tekrar geri çıkıyordu.

Giulia babasının bunu anlatırken nasıl kahkahalarla güldüğünü hatırlıyordu.

Sonra birlikte başka evleri turluyorlardı. "...Güle güle, hoşça kalın!" Kuaför salonlarında ganimet çok daha büyük oluyordu. Giulia hem çok nadir hem de çok pahalı saçlar arasında sayılan örülmüş uzun bir saç bulduğunda babasının yüzünde beliren ifadeye bayılıyordu. Babası saçı ölçüp tartıyor, dokusunu ve yoğunluğunu anlamak için eline alarak inceliyordu. Parasını ödeyip teşekkür ettikten sonra tekrar yola koyuluyorlardı. Kaybedecek vakitleri yoktu, Lanfredi atölyesinin sadece Palermo şehrinde yüz adet tedarikçisi vardı. Acele ederlerse öğle yemeği vaktinde atölyede oluyorlardı.

Giulia'nın gözünün önüne bir an dokuz yaşında, Vespa'nın üzerindeki o hâli geldi.

Sonraki birkaç saniye bulanık ve karmaşıktı, âdeta gerçekle rüya birbirine karışmıştı.

Doğruydu demek. Babası önceki sabah turunda kaza geçirmişti. Bilinmeyen bir nedenden ötürü Vespa'sı yoldan çıkmıştı. Oysa kaza yaptığı yol, çok iyi bildiği bir yoldu. Daha önce oradan yüzlerce defa geçmişti. Yardıma gelen itfaiye ekibi, önüne bir hayvan çıkmış veya ani bir rahatsızlık geçirmiş olabileceğini söylemişti. Ne olduğunu kimse bilmiyordu. Tek bildiği şu an Francesco Saverio Hastanesi'nde yaşamla ölüm arasında mücadele ettiğiydi. Doktorlar hiçbir yorumda bulunmuyordu. Annesine en kötü ihtimale karşı hazırlıklı olmasını söylemişlerdi.

Giulia o en kötü ihtimali düşünmek dahi istemiyordu. Babalar ölmezdi, babalar ölümsüzdü, babalar kaya gibiydi, evin direğiydi... özellikle de onun babası! Hem, aynı zamanda babasının dostu da olan Doktor Signore, birlikte kadeh tokuşturdukları bir akşam, Pietro Lanfredi'nin çelik gibi sağlam olduğunu, yüz yaşına kadar yaşayacağını söylememiş miydi? Pietro; o keyfine düşkün, hayattan onca zevk alan babası; şarap düşkünü, ailenin reisi, patron, aksi, tutkulu babası; onun biriciği gidemezdi. Şimdi gidemezdi. Böyle gidemezdi...

Bugün Santa Rosalia Bayramı'ydı. Giulia, "Ne korkunç bir tezat!" diye düşündü. Palermolular bütün gün neşe içinde Kutsal Patron'larının anısına sokaklara dökülecekleri. Her sene olduğu gibi yine çok coşkulu bir bayram olacaktı. Artık gelenek hâline geldiği üzere babası, Corso Vittorio Emanuele Caddesi boyunca yapılacak yürüyüşe ve hava karardıktan sonra deniz kenarında, Foro İtalico'da yapılacak havai fişek gösterisine katılmaları için işçilerine o gün için izin vermişti.

Ancak Giulia'nın gözü bayramı görmüyordu. Sokaklardaki sevinç havasını görmezden gelmeye çalışarak annesi ve kız kardeşiyle hastaneye babasını ziyarete gitti. Babasının yattığı yerde acı çeker gibi bir hâli olmadığını görünce biraz olsun içi rahatladı. İri yarı gövdesi âdeta bir çocuğunkine dönüşmüş, küçücük kalmıştı. Belki de insanın ruhu çıkınca böyle oluyordu. Bu kötü düşünceyi derhal zihninden kovdu. Babası hiçbir yere gitmemişti. Hâlâ hayattaydı. Buna tutunmak gerekiyordu. Doktorların söylediğine göre "beyin sarsıntısı" geçirmişti. Bu iki kelime aslında tek bir anlama geliyordu: "Bilmiyoruz." Kimse babasının yaşayıp yaşamayacağını söyleyemiyordu. Zaten kendisi de henüz bir karar verememiş gibiydi.

Annesi, "Dua etmemiz lazım," diyerek Giulia ve kız kardeşinden onunla birlikte Santa Rosalia geçit törenine katılmalarını istedi. Çiçek bezeli Bakire'nin mucizeler yarattığını, geçmişte şehri vebadan kurtardığını, bu yüzden gidip dua etmeleri gerektiğini söyledi. Giulia ne bu ateşli dini törenlerden ne de sağı solu belli olmayan kalabalıklardan hazzediyordu. Kaldı ki bütün bunlara inanmıyordu da. Elbette vaftiz olmuş, komünyona* gitmişti. Geleneksel beyaz elbisesi içinde bütün ailesinin iman ve duygu dolu bakışları altında komünyonunu aldığı ilk kutsanma ayinini hâlâ hatırlıyordu. Bu hatıra, hayatının en güzel anlarından biriydi. Ancak bugün içinden dua etmek gelmiyordu. Giulia bugün babasının başucunda kalmak istiyordu.

Annesi ısrar etti. Eğer doktorların elinden bir şey gelmiyorsa onu bir tek Tanrı kurtarabilirdi. Söylediği şeye o kadar inanır bir hâli var ki Giulia birden onun oldu olası taşıdığı bu kör inancına gıpta etti. Annesi tek kelime anlamadığı hâlde her hafta kiliseye gidip papazın Latince ayinini dinliyordu. "Tanrı'yı yüceltmek için anlamaya gerek yok," diyordu. Giulia ısrarlarına daha fazla dayanamayarak teslim oldu.

Üçü birlikte, katedral ile Quattro Canti Meydanı arasında, Santa Rosalia hayranı kalabalığın oluşturduğu kortejin ortasına dalıp çiçek bezeli Bakire'nin devasa heykelini taşıyarak ilerleyen insan seline dahil oldular. Bu sıcak temmuz günü Palermo'nun bütün caddeleri boğucu bir nemle kavruluyordu. Giulia kortejin ortasında nefes alamadığını hissetti. Birden kulakları çınlamaya, gözü kararmaya başladı.

Bütün mahalle babasının başına gelen kazadan haberdar olduğundan annesinin, babasının durumunu merak eden bir komşusuyla konuşması için durmasını fırsat bilip kortejden ayrıldı. Biraz soluklanıp bir çeşmede elini yüzünü yıkayarak

---

* Hristiyanlıkta İsa'nın çarmıha gerilmesinden önceki gece, havarileri ile yediği Son Akşam Yemeği'nin anıldığı ayin. Ekmek-Şarap Ayini olarak da bilinir. *(e.n.)*

serinlemek amacıyla, gölgeli bir ara sokağa sığındı. Burada hava daha rahat solunabilecek gibiydi. Giulia henüz sakinleşmeye başlamıştı ki biraz uzağından gelen bağırma seslerini duydu. Başını çevirip seslerin geldiği tarafa doğru baktığında, üniformalı iki polisin esmer tenli bir erkeği sorguya çektiklerini gördü. Polisler iri yapılı adama başındaki sarığı çıkarmasını emrediyordu. Adam yabancı bir aksanla konuştuğu mükemmel bir İtalyancayla buna itiraz ediyordu. Belgelerini gösterip her şeyinin kurallara uygun olduğunu iddia ediyor ancak polisler onu dinlemiyordu. Sarığının altına bir silah saklamış olabileceğini, böyle bir günde işi şansa bırakamayacaklarını ileterek dediklerini yapmamakta diretecek olursa onu karakola götürmekle tehdit ettiler. Ancak adam başındaki sarığın, mensubu olduğu dinin bir sembolü olduğunu ve dinine göre, sarığın başkaları önünde çıkarılmasının yasak olduğunu söyleyerek polislere direnmeye devam etti. Ayrıca sarığının kimliğini tespit etmelerine engel olmadığını, İtalyan hükümetinin Sihlere* tanıdığı özel bir ayrıcalığa göre, kimlik kartında da sarıklı bir fotoğrafının olduğunu ilave etti. Giulia istemeden şahit olduğu bu sahneyi seyrederken huzursuz olmuştu. Genç adam oldukça yakışıklıydı. Atletik bir vücudu, zarif hatları, esmer bir teni vardı; gözleri ise tuhaf bir biçimde açık renkti. En fazla otuz yaşlarında olmalıydı. Polisler seslerini yükseltmeye başladılar. Bir tanesi adamı biraz itip kaktıktan sonra kolundan tuttukları gibi alıp karakola götürdüler.

Adam direnmedi. Polislerin ortasında kaderine razı gelmiş hâlde, ama vakur bir edayla Giulia'nın önünden geçerken bir an göz göze geldiler. Giulia bakışlarını kaçırmadı, adam da.

---

* Sihizm genel olarak 16. ve 17. yüzyıllarda Kuzey Hindistan'da yaşamış olan on gurunun öğretilerini temel alan tek tanrılı bir dindir. *(e.n.)*

Giulia adam sokağın köşesinde gözden kayboluncaya kadar arkasından bakmaya devam etti.

"*Che fai?*[*]"

Arkasında Francesca'nın sesini duyunca korkuyla sıçradı.

"Her yerde seni arıyoruz! *Andiamo! Dai!*[**]"

Giulia isteksizce kız kardeşinin arkasından kortejin yolunu tuttu.

O gece gözüne uyku girmedi. Esmer tenli adamın görüntüsü gözünün önünden gitmiyordu. Daha sonra neler olduğunu, polislerin ona ne yaptığını merak ediyordu. Gözdağı mı vermişlerdi yoksa falakadan mı geçirmişlerdi? Ya da ülkesine geri mi göndermişlerdi? Aklına her biri diğerinden daha saçma bir sürü olasılık geliyordu. Her şey bir yana, Giulia'nın içini kemiren bir soru vardı: Müdahale etmesi gerekmez miydi? Ama elinden ne gelirdi ki? Olanları hiçbir şey yapmadan seyretmekle yetindiği için suçlu hissediyordu. Bir yandan da hiç tanımadığı bir adamın başına gelenlerin onu neden bu kadar alakadar ettiğini merak ediyordu. Göz göze geldikleri o an daha önce varlığından haberdar olmadığı, tuhaf bir duygu hissetmişti. Merak mıydı bu? Yoksa empati mi?

Belki de adını koyamadığı başka bir şeydi.

---

[*] (*İt.*) "Ne yapıyorsun?" *(e.n.)*

[**] (*İt.*) "Hadi! Düş önüme!" *(e.n.)*

Sarah

Montreal, Kanada

Sarah mahkemede, savunmasının orta yerinde aniden yere yığıldı. Önce nefesi kesildi, susup nerede olduğunu hatırlayamıyormuş gibi etrafına bakındı. Rahatsızlığını ele veren bembeyaz yüzüne ve titreyen ellerine rağmen savunmasına kaldığı yerden devam etmeyi denedi. Sonra etrafındaki her şey bulanıklaşmaya, gözü kararmaya, nefesi daralmaya başladı. Kalp atışları yavaşladı; tıpkı yatağını terk eden bir nehir gibi, yüzündeki bütün kan çekiliverdi ve Dünya Ticaret Merkezi'nin asla sarsılmaz oldukları söylenen ikiz kuleleri gibi çökerek olduğu yere yığıldı. Düşerken en ufak bir ses çıkarmadı, şikâyet etmedi, yardım istemedi. İskambil kâğıdından bir şato gibi sessizce, neredeyse zarafetle yıkıldı.

Sarah gözlerini açınca itfaiyeci üniforması içindeki bir adamın üzerine eğildiğini gördü.

"Ufak bir rahatsızlık geçirdiniz, madam*. Sizi hastaneye götürüyoruz."

Adam ona *madam* diye hitap etmişti. Sarah henüz tam olarak kendine gelmemiş olsa da bu detay gözünden kaçmamıştı.

---

* Fransa'da evli ya da dul kadınlara verilen san. *(e.n.)*

Ona *madam* diye hitap edilmesinden nefret ediyordu ve bu kelimeyi her duyduğunda tokat yemiş gibi oluyordu. Ofisteki bütün çalışanlar da bunu gayet iyi bildiğinden ona Avukat Hanım veya matmazel* diye hitap ediyorlardı. Sarah iki kere evlenmiş, iki kere boşanmıştı; yani elde var sıfırdı ve "Artık genç bir kız ya da genç bir kadın değilsiniz, bundan böyle bir sonraki kategoriye aitsiniz," anlamına gelen bu kelimeden resmen tiksiniyordu! Ait olunan yaş grubunun işaretlenmesi gereken anketlerden de nefret ediyordu. Son derece çekici olan 30-39 yaş aralığını geride bırakıp çekici olmayan 40-49 grubuna geçmişti artık çünkü. Kırk yaşına ne ara geldiğini anlamamıştı. Otuz sekiz, otuz dokuz yaşına geldiğini fark etmişti de kırk yaşına geldiğini fark etmemişti. Bu gerçekten de hazır olmadığı bir şeydi.

Bir zamanlar bir dergide okuduğu, Coco Chanel'in, "Kırk yaşından sonra kimse genç değildir..." cümlesini hiç unutmuyordu. Ne var ki dergiyi hemen kapattığından devamındaki, "Ama her yaşta cazibeli olmak mümkündür," cümlesini okumaya zamanı olmamıştı.

Sarah anında, "Matmazel" diye düzelterek yattığı yerden doğrulup ayağa kalkmaya çalıştı. Ancak itfaiyeci yumuşak olduğu kadar otoriter de olan bir hareketle ona engel oldu. Sarah savunmasını tamamlaması gerektiğini öne sürerek itiraz etti. Bunun –her zamanki gibi– son derece acil ve önemli bir dava olduğunu söyledi.

"Düşerken yaralandınız. Dikiş atılması gerekiyor."

Savunduğu davalarda kendisine eşlik etmesi amacıyla yardımcı avukat olarak işe aldığı Inés, başucunda duruyordu. Genç kadın Sarah'ya duruşmanın ertelendiğini, ofisi arayıp duruşmadan sonraki bütün randevularını da iptal ettirdiğini

---

* Fransa'da, evlenmemiş Hristiyan kadınlar için kullanılan bir unvan. *(e.n.)*

söyledi. Inés yine her zamanki gibi çok hızlı, iş bitirici, tek kelimeyle mükemmeldi. Sarah için endişelendiği belli oluyordu. Onunla birlikte hastaneye gitmek istedi ancak Sarah iki gün sonra savunacağı davanın hazırlıklarını yaparak ona çok daha faydalı olacağını söyleyip ofise dönmesini istedi.

CHUM'un* acil servisinde sırasını beklerken Sarah, adının şirinliğine rağmen burasının hiç de çekici bir yer olmadığını düşündü. Gitmek için ayağa kalktı. Alnına atacakları üç dikiş için iki saat beklemeye niyeti yoktu, basit bir pansuman yeter de artardı, acilen ofise dönmesi gerekiyordu. Bir doktor arkasından yetişip muayene olmayı beklemesi gerektiğini söyleyerek koltuğuna geri oturttu. Her ne kadar itiraz etse de boyun eğmekten başka çaresi kalmamıştı.

Uzun bir bekleyişten sonra, incecik elleri olan bir stajyer doktor onu nihayet muayene etti. İşine fazlasıyla konsantre olmuş görünüyordu. Ona bir sürü soru soruyor, Sarah da her birine kısa cevaplar vermekle yetiniyordu. Bütün bunlar çok anlamsızdı, tekrar tekrar iyi olduğunu söylemesine rağmen sorgulama devam ediyordu. Sarah tıpkı suçunu itiraf etmeye zorlanan bir şüpheli gibi gönülsüzce kabul etti: Evet, son zamanlarda biraz yorgun hissediyordu. Tam zamanlı işinizin dışında üç çocuğunuz, çekip çevirecek bir eviniz, dolduracak bir buzdolabınız olunca yorgun olmamak mümkün müydü?

Sarah aylardır sabahları bitkin hâlde uyandığını söylemedi. Her akşam işten dönünce; Ron'un çocukların gününün nasıl geçtiği hakkında verdiği raporu dinleme, akşam yemeği, ikizleri yatırma ve Hannah'nın ödevlerine yardım faslından sonra, kanepeye yığılıp yeni aldığı ve asla seyretmediği devasa televizyonun kumandasına ulaşamadan uyuyakaldığından bahsetmedi.

---

* Montreal Üniversitesi Hastanesi. *(e.n.)*

Bir süredir memesinin sol tarafında hissettiği ağrıdan da bahsetmedi. Kuşkusuz önemli bir şey değildi. Şimdi, burada, kendisini soğuk bir ifadeyle süzen beyaz önlüklü bu yabancının önünde bundan bahsetmek istemiyordu. Çünkü hiç zamanı değildi.

Ancak stajyerin yüzünde endişeli bir ifade vardı. Tansiyonunun çok düşük olduğunu, ayrıca çok da solgun göründüğünü söyledi. Sarah bunu önemsemedi. Hiçbir şey yokmuş gibi yapmaya, oynamaya devam etti; ne de olsa bu konuda bir hayli yetenekliydi. Sonuçta bu da bir meslekti. Hatta ofisteki herkesin bildiği bir espri bile vardı: "Bir avukatın yalan söylediğini nasıl anlarsın?" Cevap: "Ağzını açmasıyla." Şehrin en zor yargıçlarının hakkından gelmişti, bir stajyer doktora yenilecek değildi. Sadece biraz yorgundu, o kadar! *Burn-out*[*] mu? Bu kelimeyi duyunca gülümsedi. Artık iyice moda hâline gelmiş, en ufak bir yorgunluk için dahi kullanılan içi boş kelimelerden biriydi. Bu sabah yeterince kahvaltı etmemiş veya gece yeterince uyumamış olmasından kaynaklı olmalıydı. Gülümseyerek, cümlenin sonuna "veya yeterince sevişmemiş olmaktan" diye de eklemeyi düşündü ancak doktorun yüzündeki ciddi ifadeyi görünce her türlü ortamı yumuşatma çabasının sonuçsuz kalacağını anladı. *Ne yazık*, diye düşündü; aslında yuvarlak gözlükleri ve kıvırcık saçlarıyla fena sayılmazdı, hatta tam tipi olduğu bile söylenebilirdi. Evet, o istiyorsa Sarah vitamin alacaktı. Espri amaçlı, çok enerji verici bir kokteyl bildiğini söyledi: kahve, konyak ve kokain. Çok etkili bir kokteyldi, doktor da mutlaka denemeliydi.

Doktor hiç şaka yapılacak havada görünmüyordu. İstirahat etmesini önerip müsaadesini istedi. "Biraz yavaşlayın," demişti. Sarah da bir kahkaha atmıştı. Hem doktor olup hem

---

[*] (*İng.*) Tükenmişlik. *(e.n.)*

de mizah sahibi olunabiliyormuş demek! Biraz yavaşlamak mı? Peki nasıl olacaktı bu? Çocuklarını *eBay* üzerinden satışa çıkararak mı? Bu akşamdan itibaren yemek yemeyi bırakma kararı alarak mı? Müşterilerine grevde olduğunu söyleyerek mi? Sarah son derece kritik dosyalarla ilgileniyordu, müşterilerini bir başkasına devretmesi de söz konusu olamazdı. Durması mümkün değildi. İşten izin almanın ne demek olduğunu dahi bilmiyordu, en son ne zaman izne çıktığını hatırlamıyordu; geçen yıl mı yoksa ondan önceki yıl mıydı? Doktorun söylediği o içi boş cümleyi duymamış gibi yapmayı tercih etti. "Kimse vazgeçilmez değildir," demişti. Görünüşe bakılırsa Johnson&Lockwood Hukuk Bürosu'nda ortak olmanın ne anlama geldiği hakkında en ufak bir fikri yoktu. Sarah Cohen olmanın ne demek olduğu hakkında da.

Artık gitmek istiyordu. Doktor birtakım kontroller yapmak istese de Sarah sıvışmayı başardı.

Oysa hiçbir şeyi erteleyen bir yapıya sahip değildi. Okuldayken iyi bir öğrenciydi, öğretmenleri onu "çalışkan" olarak tanımlardı. Ödevlerini son anda yapmaktan nefret ederdi, kendi deyişiyle "erkenden bitirip kurtulmayı" severdi. Hafta sonları veya tatillerde genellikle ödevlerini erkenden yapıp bitirir ve böylece daha özgür hissederdi. Büroda da işlerini daima diğerlerinden önce bitiriyordu, zaten bu sayede bu kadar hızlı yükselmişti. Hiçbir şeyi tesadüfe bırakmıyor, her şeyi "öngörüyordu".

Ama şimdi, burada buna vakti yoktu.

Bunun sırası değildi...

Sarah dünyaya, randevularına, konferans çağrılarına, listelerine, dosyalarına, savunmalarına, toplantılarına, notlarına, raporlarına, iş yemeklerine, duruşmalarına, temyizlerine, üç çocuğuna geri döndü. Daima taşıdığı, ona çok yakışan o mutlu ve başarılı genç kadın maskesini yüzüne geçirip itaatkâr bir asker edasıyla cepheye geri döndü... Maskesinde en ufak bir darbe izi, en ufak bir çizik yoktu. Ofise gidince önemli bir şeyi olmadığını söyleyerek Inès'in ve diğer meslektaşlarının içini rahatlatacaktı. Ve her şey eskisi gibi devam edecekti.

Sonraki haftalarda rutin kontrolleri için jinekoloğuna gidecekti. Memesini muayene ederken jinekoloğun yüzünde endişeli bir ifade belirecek ve "Burada bir kitle hissediyorum," diyecekti. Daha adını telaffuz ederken insanı ürküten birtakım kontrollerden geçmesini isteyecekti: mamografi, MR, tomografi, biyopsi... Bütün bu işlemler neredeyse kendi başlarına bir tanıydı. Her biri bir mahkûmiyetti.

Ancak şimdi *bunun zamanı değildi.* Sarah stajyer doktorun bütün itirazlarına rağmen hastaneden ayrıldı.

Şimdilik her şey yolundaydı.

Adı anılmadığı sürece kötü hiçbir şeyi yoktu.

Oda neredeyse bir koğuş kadar küçük,
Bir yatak ya sığar ya sığmaz.
Sığsa sığsa bir çocuk yatağı…
Orada çalışıyorum;
Her gün, tek başıma, sessizlikte.

Bunun için makineler de var elbet,
Ancak sonuç çok daha kaba oluyor.
Fabrika üretimi değil benim yaptığım.
Her model bir prototip.
Ve ben her biriyle gurur duyuyorum.

Ellerim zamanla neredeyse bedenimin geri kalanından
bağımsız hâle geldiler.
Hareketler öğrenilse de
el çabukluğu zamanla kazanılan bir şey.

O kadar uzun süredir
Bu dokuma tezgâhında çalışıyorum ki
Sonunda gözlerim bozuldu.

Bedenim yorgun ve
Romatizma içinde olsa da
Parmaklarım çevikliklerinden hiçbir şey kaybetmedi.

Bazı günler, zihnim bu atölyeden firar ediyor ve beni,
Sesleri hafif bir yankı gibi gelip
Benim sesime karışan
Uzak diyarlara,
Bilmediğim hayatlara götürüyor.

Smita

Badlapur köyü, Uttar Pradeş, Hindistan

Smita daha kulübeden içeri adımını atar atmaz kızının yüzündeki ifadeyi fark etti. Bütün gün işini bir an önce bitirmek için acele etmiş, her akşam iş dönüşü yaptığı gibi Jatilerin verdiği yemek artıklarını paylaşmak amacıyla komşusuna dahi uğramamıştı. Hasır sepetini yere bıraktıktan sonra bir koşu kuyudan alıp getirdiği suyla yıkanmıştı. Lalita ve Nagarajan'a da su kalsın diye bir kovadan fazlasını kullanmıyordu. Üzerindeki o iğrenç kokuyu eve götürmemek için, kızının ve kocasının kendisini o kokuyla özdeşleştirmemeleri için her akşam kulübenin eşiğinden içeri girmeden önce, bütün bedenini üç kere sabunluyordu. Smita bu koku değildi, diğerlerinin bokunun kokusu değildi ve sadece bu kokuya indirgenmeyi reddediyordu. Bu nedenle Uttar Pradeş eyaletinin uzak bir köşesindeki Badlapur köyünün dışındaki bu avlunun dibinde, paravan görevi gören bir örtünün arkasında; ellerini, ayaklarını, bedenini ve yüzünü bütün gücüyle, âdeta derisini soyarcasına ovalayarak yıkıyordu.

Smita kulübeye girmeden önce kurulanıp üzerine temiz giysiler geçirdi. Lalita bir köşede dizlerini göğsüne toplamış, gözünü kırpmadan yere bakarak oturuyordu. Yüzünde annesinin daha önce hiç görmediği, öfke ve üzüntü karışımı, tarifi imkânsız bir ifade vardı.

Smita, "Neyin var?" diye sordu.

Çocuk cevap vermedi. Ağzını açmadan olduğu yerde oturmaya devam etti.

"Söylesene."

"Anlatsana."

"Konuşsana!"

Lalita bir şey söylemedi. Âdeta bir tek kendisinin gördüğü; kimsenin, annesinin bile ulaşamayacağı; bu köyden, bu kulübeden çok uzakta, erişilemeyen bir yere, hayali bir noktaya bakıyor gibiydi. Smita sinirlenerek, "Konuşsana!" diye bağırdı.

Çocuk birden kabuğunun içine saklanan ürkek bir salyangoz gibi sırtını kamburlaştırıp içine kapandı. Smita bir an içinden kızını konuşmaya zorlamak için tutup sarsmayı geçirdi. Ne var ki onu iyi tanıyor, bu şekilde davranarak hiçbir şey elde edemeyeceğini biliyordu. Karnındaki kelebek yengece dönüşmüştü. İçini bir sıkıntı kapladı. Okulda ne olmuştu? Orası Smita'nın hiç bilmediği bir dünyaydı ve buna rağmen kızını, biricik hazinesini oraya göndermişti. Hata mı etmişti? Kızına orada ne yapmışlardı?

Smita çocuğu incelemeye başladı. *Sari*'sinin sırt tarafında bir yırtık görür gibi oldu. Bir yere takılmış olmalıydı; evet, kesinlikle bir yere takılmıştı!

"Ne yaptın böyle?"

"Üstünü kirletmişsin!"

"Nerede sürttün yine?"

Smita kızını elinden yakalayıp sırtını dayadığı duvardan ayırmak için hızla kendine doğru çekince, zamanında hazır olması için gecelerce uykusundan feragat ederek diktiği ve daha o sabah gururla üzerine giydirdiği yepyeni *sari*'nin yıpranmış, yırtılmış ve kirlenmiş olduğunu gördü!

"Bak işte! Yırtmışsın!"

Smita öfkesine hâkim olamayarak bağırmaya başladı. Sonra aniden donup kaldı. İçine korkunç bir şüphe düşmüştü. Kulübenin içi yeterince aydınlık olmadığından kızını elinden tuttuğu gibi avluya, gün ışığına götürdü. Sert hareketlerle üzerindeki *sari*'yi çekip çıkardı. Lalita direnmedi, zaten bedenine büyük gelen *sari*'si üzerinden kolaylıkla kayarak ayaklarının dibine düştü. Smita çocuğun sırtındaki kızarıklıkları görünce irkildi. Sırtında darbe izleri vardı! Yer yer soyulmuş derisinin altından, tıpkı alnının ortasındaki *bindi* gibi parlak kırmızı renkteki etleri görünüyordu.

"Kim yaptı sana bunu?"

"Söyle!"

"Kim dövdü seni böyle?"

Küçük kız başını önüne eğdi. Ağzından tek bir kelime döküldü. Sadece tek bir kelime:

"Öğretmen."

Smita'nın suratı birden kıpkırmızı oldu. Öfkeden boynundaki şah damarı şişti. Lalita annesinin boynundaki bu damarın şişmesinden nefret ediyordu, çünkü genellikle son derece sakin olan annesini bu şekilde görmek onu korkutuyordu. Smita birden çocuğu yakalayıp sarsmaya başladı. Küçücük çıplak bedeni ince bir dal gibi bir sağa bir sola sallandı.

"Neden?"

"Ne yaptın?"

"Öğretmeni dinlemedin mi?"

Smita birden patladı. Daha okulun ilk günü kızı öğretmeni dinlememişti! Öğretmenin onu bir daha okula almak istemeyeceğine neredeyse emindi. Bütün umutları uçup gitmiş, bütün çabaları yerle bir olmuştu! Smita bunun ne anlama geldiğini çok iyi biliyordu. Bu; helalara, batağa, başkalarının bokuna mahkûm olmak demekti. Bu; sepete, kızını tüm gayretiyle uzak tutmak istediği o lanet olası hasır sepete mahkûm olmak demekti. Smita hayatı boyunca asla kimseye şiddet göstermemiş, kimseyi dövmemişti; ancak o an içinde kontrol edilemez bir öfkenin yükseldiğini hissetti. Daha önce hiç bilmediği bu duygu bütün bedenine yayılıp mantığının duvarlarını yerle bir etti ve çocuğu tokatlayıverdi. Yüzünü annesinin darbelerinden olabildiğince korumaya çalışan Lalita iki büklüm oldu.

Tam tarladan döndüğü esnada, avludan gelen bağırma seslerini duyan Nagarajan koşarak karısıyla kızının arasına atıldı. "Smita! Dur, yapma!" diye bağırarak karısını ittikten sonra Lalita'yı kucağına aldı. Çocuk hıçkırıklarla ağlamaya başladı. Kızının sırtındaki sopa izlerini, sıyrılmış derisinin altından çıkan etlerini gören Nagarajan ona sımsıkı sarıldı.

Smita, "Brahmanı dinlemedi," diye bağırdı. Nagarajan kucağındaki kızına baktı.

"Doğru mu bu?"

Birkaç saniyelik bir sessizlikten sonra Lalita'nın dudaklarından ikisinin de yüzüne tokat gibi inen bir cümle döküldü: "Sınıfı süpürmemi istedi."

Smita olduğu yerde donakaldı. Lalita bunu o kadar alçak sesle söylemişti ki doğru anlayıp anlamadığından emin olamadı. Kızından cümleyi tekrar etmesini istedi.

"Ne dedin sen?"

"Diğer çocukların önünde sınıfı süpürmemi istedi. Kabul etmedim."

Çocuk yeniden dayak yiyeceğinden korkup iki büklüm oldu. Korkunun etkisiyle âdeta boyu çekmiş gibi küçücük kalmıştı. Smita'nın nefesi kesildi. Kızını çekip gücü kalmamış kollarının müsaade ettiği kadarıyla sımsıkı sarıldı ve ağlamaya başladı. Lalita kendisini annesinin kollarına bırakıp başını huzurla boynuna gömdü. Nagarajan'ın şaşkın bakışları altında uzun bir süre öylece kaldılar. Nagarajan ilk defa karısının ağladığına şahit oluyordu. Hayatın dayattığı zorluklar karşısında onun bir kez olsun yıldığını, bir kez olsun boyun eğdiğini görmemişti. Daima çok azimli ve çelik gibi güçlü olmuştu. Bugün hariç... Yaralanmış ve aşağılanmış kızına böyle sarılmış dururken onun gibi çocuk olup yıkılan umutlarına, onca hayalini kurduğu hâlde bu dünyada daima kendilerine kim olduklarını ve nereden geldiklerini hatırlatacak Jatiler ve Brahmanların varlığı devam ettiği sürece kızına sunamayacağı hayata ağlıyordu.

Smita, Lalita'yı kucağında sallayarak uyutup yatağına yatırdıktan sonra nihayet bütün öfkesini kusmaya başladı. O öğretmen, o Brahman; Lalita'nın diğer çocuklarla, Jatilerin çocuklarıyla okula gitmesini kabul ettiği hâlde bunu neden yapmıştı? Paralarını alırken, "Tamam," demişti! Smita, öğretmeni ve ailesini tanıyordu. Her gün köyün merkezindeki evlerinin helasını temizliyordu. Bazen karısının ona pirinç verdiği dahi oluyordu. Peki bunu neden yapmıştı?

Smita, Vishnu'nun Brahman kastını savunmak için Kshatriyaların kanıyla doldurduğu beş gölü düşündü. Okuryazar, din adamı, aydın olan; diğer bütün kastlardan daha üstün olan, insanlığın zirvesinde olan onlardı. Peki Lalita'ya bunu neden yapmıştı? Kızı onlar için bir tehlike teşkil etmiyordu. Ne bilgilerini ne de toplumdaki yerlerini tehdit ediyordu, öyleyse neden onu böyle çamura batırmıştı? Neden diğer çocuklar gibi kızına da okuma yazma öğretmek istememişti?

Kızına sınıfı süpürtmek istemesi, "burada yerin yok" anlamına geliyordu. Sen bir Dalitsin, bir *scavenger*'sin; hayatın boyunca da öyle kalacak, öyle yaşayacaksın demekti. Tıpkı annen ve büyükannen gibi, sen de bokun içinde öleceksin...

Tıpkı çocukların, çocuklarının çocukları ve onlardan sonra gelecek nesillerin gibi... İnsanlıktan dışlanan siz Dokunulmazlar için bu iğrenç kokudan, asırlar boyu toplayacağınız boktan, bütün dünyanın bokundan başka bir şey olmayacak, demekti bu.

Lalita kendini ezdirmemişti. "Hayır!" demişti. Bunu düşününce Smita kızıyla gurur duydu. Altı yaşındaki bu çocuk, parmak kadar boyuyla Brahmanın gözünün içine baka baka, "Hayır!" diyebilmişti. Brahman sınıfın ortasında, herkesin gözü önünde kamış sopasıyla döverken Lalita ağlamamış, bağırmamış, ufacık da olsa bir ses çıkarmamıştı. Yemek saati geldiğinde Brahman, Smita'nın kızı için hazırladığı teneke kutuyu elinden alıp onu bütün çocukların önünde yemeğinden mahrum bırakmıştı. Kızcağızın oturmasına dahi izin vermemişti. Lalita yemek boyunca ayakta durup afiyetle yemeklerini yiyen diğer çocuklara bakmak zorunda kalmıştı. Brahmana yalvarmamış, yiyecek dilenmemişti. Sessizce bir köşede ayakta durmuş, onurunu çiğnetmemişti. Smita kızıyla gurur duyuyordu. Evet, kızı fare yiyor olabilirdi; ancak bütün o Brahmanların, bütün o Jatilerin hepsinden çok daha güçlüydü çünkü kendisini yenmelerine ve ezmelerine izin vermemişti! Her ne kadar dövmüş ve sırtını sıyrıklar içinde bırakmış olsalar da Lalita'ya aslında dokunamamışlardı, kızının yüreği hâlâ sapasağlamdı.

Nagarajan kesinlikle karısıyla aynı düşüncede değildi. O, Lalita'nın öğretmeninin sözünü dinlemesi gerektiğini düşünüyordu. Sonuçta o kadar da korkunç bir şey değildi, sınıfı süpürmek kamış sopadan daha az can yakardı. Smita birden patladı. Nagarajan nasıl böyle konuşabiliyordu? Okul, insanları eğitmek için vardı; köleleştirmek için değil! Gidip Brahmanla konuşacaktı, nerede oturduğunu biliyordu, helasını temizlemek için her gün sepetiyle arka kapıdan evine giriyordu. Nagarajan, Brahmana kafa tutarak hiçbir şey elde edemeyeceğini söyleyip karısına engel olmaya çalıştı. Sonuçta Brahman onlardan çok daha güçlüydü. Hepsi onlardan kat kat muktedirdi. Eğer Lalita okula dönmek istiyorsa hor görülmeyi sineye çekmek zorundaydı. Okuma yazma öğrenmek istiyorsa bedelini de kabullenmesi gerekiyordu. Onların dünyasında kural buydu, kastından çıkmak isteyeni cezasız bırakmıyorlardı. Bu ülkede her şeyin bir bedeli vardı.

Smita öfkeden titreyerek kocasına baktı. Çocuğunun, Brahmanın günah keçisi olmasına izin vermeyecekti. Bunu nasıl düşünebilirdi? Böyle bir şeyi nasıl aklına getirebilirdi? Bir babanın yapması gereken kızını savunmak, bu duruma isyan etmek, gerekirse bütün dünyayı karşısına almak değil miydi? Smita kızını bir daha okula göndermektense ölmeyi tercih ederdi. Lalita bir daha okula adımını atmayacaktı. Smita zayıfları, kadınları, çocukları, korunmaya muhtaç olanları korumak yerine onları ezen bu toplumu lanetliyordu!

Nagarajan, "Öyle olsun," demişti. Lalita, okul yerine yarın Smita'yla birlikte işe gidecekti. Smita ona annesinin ve büyükannesinin mesleğini öğretecekti. Sonuçta ailesindeki bütün kadınların asırlardır yaptıkları meslek buydu. Onun *dharma*'sıydı. Smita kızı için başka bir şey ümit etmekle hata etmişti. Kızını önceden çizilmiş olan yoldan çıkarmak istemişti ancak Brahman, kamış sopasıyla onu yeniden yola sokmuştu ve bu konu burada kapanmıştı.

Smita o akşam Vishnu'ya adadığı küçük sunağın önüne geçip dua etti. Gece gözüne uyku girmeyeceğini biliyordu. Vishnu'nun kanla doldurduğu beş gölü yeniden düşündü ve içinden, Dokunulmazları binlerce yıldır süren bu boyunduruktan kurtarmak için kaç gölü kendi kanlarıyla doldurmak gerektiğini sormadan edemedi. Smita gibi daha milyonlarcası kaderlerine boyun eğmiş bir hâlde ölecekleri günü bekliyordu.

Annesi, "Bir sonraki hayatta her şey çok daha iyi olacak," diyordu. "Reenkarnasyonların döngüsü bitmediği sürece tabii." Hayatını bir gün son durak olan nirvanaya ulaşacağı ümidiyle geçiren annesinin tek dileği, kutsal Ganj Nehri'nin kıyısında ölebilmekti. Dediklerine göre bu nehrin kıyısında ölen bir kişinin cehennemi andıran hayat döngüsü de son buluyordu. Nihai amaç, bir daha bu dünyaya gelmeden sonsuza, kâinata karışmaktı. Annesi herkesin bu şansa nail olamadığını söylüyordu. Bazıları tekrar tekrar hayata gelmeye mahkûmdu. Düzen böyleydi ve bunu ilahi bir ceza olarak kabul etmekten başka çare yoktu. Sonsuzluğu hak etmek gerekiyordu.

Sonsuzluğu beklerken Dalitler uslu uslu düzene boyun eğiyordu.

Smita hariç. O, bugün boyun eğmeyi reddediyordu.

Bugüne kadar bu kaderi zalim bir alınyazısı olarak kabul etmiş olsa da kızını almalarına izin vermeyecekti. Burada, Vishnu'ya adadığı bu sunağın önünde, kocasının bir köşede uyumakta olduğu bu karanlık kulübenin ortasında kendi kendine söz verdi: Kızını alamayacaklardı. Dışarıdan belli olmayan, sessiz sedasız bir başkaldırıydı bu.

Evet, Smita bu düzene başkaldırıyordu!

Giulia

Palermo, Sicilya

Giulia, hastanede boylu boyunca uzanmış yatan babasını seyrederken *Uyuyan Güzel* masalını hatırladı. Babası tam sekiz gündür, durumunda hiçbir değişiklik olmadan, beyaz çarşaflı bu hastane yatağında yatıyordu ve bu hâliyle huzur içindeki uykusundan uyandırılmayı bekleyen, taze bir gelini andırıyordu. Çocukluğunda akşamları, babasının masalı okurken prensese büyü yapan kötü yürekli perinin sözlerini sesini tizleştirerek söylediğini anımsadı. Bu masalı bin kere dinlemiş olmasına rağmen, her seferinde prenses nihayet uykusundan uyandığında içini müthiş bir huzur kaplardı. Giulia onun evin içinde çınlayan sesini duymayı çok severdi.

O ses artık susmuştu.

Artık babasının olduğu yerde sessizlikten başka bir şey yoktu.

Giulia atölyedeki işinin başına döndüğünde işçilerin, ailesine destek olmak için ellerinden geleni yaptıklarına şahit olmuştu: Gina, Giulia'nın çok sevdiği kekinden yapmıştı; Agnese annesi için çikolata almıştı, *Nonna* babasının başında sırayla refakatçi olarak kalmayı teklif etmişti; erkek kardeşi rahip olan Alessia, Santa Caterina'ya dua okutmuştu. Hepsi

Giulia'nın etrafında birlik olmuş, kedere karşı direniyordu. Genç kadın, tıpkı babasının her zaman yaptığı gibi, moralinin bozuk olduğunu işçilere belli etmemeye çalışıyordu. Babası komadan çıkacaktı, bundan emindi. İşinin başına geri dönecekti. Bu sadece küçük bir parantez, kısa bir araydı.

Giulia her akşam atölyeyi kapattıktan sonra soluğu babasının başucunda alıyordu. Doktorların dediğine göre komadaki hastalar etraflarında konuşulanları duyabiliyordu. O yüzden her akşam ona yüksek sesle saatlerce şiirler, nesirler, romanlar okuyordu. Zamanında babası Giulia'ya çok masal okumuştu, şimdi sıra ondaydı. Bulunduğu yerden kendisini duyduğuna emindi.

Giulia o gün öğlen tatilinde babasına okuyabileceği birkaç kitap almak için kütüphaneye gitti. Sessizliğe gömülü kütüphaneye girdiğinde çok tuhaf bir şey oldu. Başta fark etmemişti ancak rafların arasında gezinirken birden dikkatini çekti.

Oradaydı.

Sarık!

Birkaç gün önce Santa Rosalia Bayramı'nda sokakta gördüğü sarıktı bu!

Giulia şaşkınlıkla donakaldı. Arkası dönük olduğu için yüzünü göremediği adam, bir süre sonra başka bir rafa geçti. Merakına engel olamayarak o da peşinden gitti. Raftaki kitaplardan birini almak için elini uzattığı an nihayet yüzünü görebildi. Evet, oydu, polislerin zorla karakola götürdükleri yabancıydı. Bir şey arıyor gibiydi. Bu tesadüfe çok şaşıran Giulia, varlığını fark etmemiş olan adama bir süre durup uzaktan baktıktan sonra yanına gitmeye karar verdi. İlk adımı atmaya hiç alışkın olmadığından ne diyeceğini bilemedi. Burada genellikle ilk adımı atan erkeklerdi. Giulia güzel bir kadındı, en azından herkes öyle olduğunu söylüyordu. Erkeksi tavırlarına rağmen, karşı cinsin dikkatini çeken hem masum hem de seksi bir havası vardı. Kısacası, bir kadın gördüklerinde gözleri parlayan adamları gayet iyi tanırdı. Ne de olsa İtalyan erkekleri bu konuda oldukça yetenekliydiler. İltifat etmekte, bülbül gibi şakımakta üstlerine yoktu ancak Giulia bütün bunların sonunun nereye vardığını da gayet iyi biliyordu. Ama şu an, aniden tuhaf bir cesaretle dolmuştu.

"*Buongiorno!**"

Adam şaşkınlıkla döndü. Onu hatırlamış gibi görünmüyordu. Giulia çekingen bakışlarla yüzüne baktı.

"Sizi geçen günkü geçit töreni esnasında sokakta görmüştüm. Polisler…"

Utanıp cümlesinin sonunu getiremedi. Ya o nahoş olayın hatırlatılması onu rahatsız ederse? Gösterdiği cesaretten pişmanlık duydu. Yok olmayı, hiç konuşmamış olmayı diledi. Ancak adam başını salladı. Onu şimdi hatırlamıştı. Giulia devam etti:

"O gün sizin için çok korktum. Sizi hapse atacaklarını sandım."

Adam samimiyet ve neşe karışımı bir ifadeyle gülümsedi. Kendisi için endişelenen bu tuhaf kız kimdi?

"Bütün öğleden sonra karakolda tuttuktan sonra serbest bıraktılar."

Giulia adamın yüzünü inceledi. Esmer tenine rağmen gözleri inanılmaz derecede açık renkti. Yeşile çalan mavi… veya tam tersi... Ne renk olursa olsun, gözleri büyüleyici güzellikteydi. Aniden cesaretle doldu:

"Belki size bir yardımım dokunabilir. Kütüphanedeki bütün kitapları çok iyi biliyorum. Özellikle aradığınız bir kitap var mı?"

---

* (*İt.*) Merhaba. *(e.n.)*

Adam okuması kolay İtalyanca bir kitap aradığını söyledi. İtalyancayı her ne kadar iyi konuşuyor olsa da okumakta biraz zorlanıyor, dilini ilerletmek istiyordu. Giulia anladığını belli etmek ister gibi başını salladıktan sonra onu İtalyan edebiyatı bölümüne götürdü. Kısa bir an kararsız kaldı. Çağdaş yazarları anlaması zor olabilirdi. Sonunda çocukken en sevdiği roman olan Salgari'nin *I Figli Dell Aria* adlı romanını tavsiye etti. Adam teşekkür ederek kitabı aldı. Onun yerinde başka bir erkek olsa hemen sohbet etmeye, iletişimi devam ettirmeye çalışır; fırsattan istifade edip etkilemeyi denerdi. Ancak o bunu yapmadı. Giulia'ya teşekkür ettikten sonra yanından ayrıldı.

Giulia elinde ödünç aldığı kitapla kütüphaneden çıkan adamın arkasından bakarken kalbinin sıkıştığını hissetti. Koşup durdurmaya cesaret edemediği için kendisine kızdı. Burada böyle şeyler yapmak imkânsızdı. Daha yeni tanışılan bir erkeğin peşinden koşmak yakışık almazdı. Ezelden beri olayların akışını değiştirmeye cesaret edemeden uzaktan bakmakla yetindiği için pişmanlık duydu. Bu kadar pısırık olmasına lanet etti.

Daha önce erkek arkadaşları, flörtleri, gönül maceraları olmuştu elbette. Ancak hiçbiri birkaç öpücükten, gizli saklı sarılmalardan öteye gitmemişti. Hiçbir zaman erkeklerin hoşuna gitmek için çabalamamış olan Giulia, kendisinden hoşlanılmasından memnun bir şekilde onların makul isteklerine rıza göstermişti.

Atölyeye geri dönerken yol boyu yabancı adamı ve onun farklı, başka bir zamana aitmiş gibi görünen sarığını düşündü. Sarığının altında sakladığı saçlarını hayal etmeye çalıştı. Sonra düşünceleri, adamın buruşuk gömleğinin altındaki bedenine kayınca yüzünün kızardığını hissetti.

Ertesi gün, onu tekrar görme ümidiyle yeniden halk kütüphanesine gitti. Babasına okumak için aldığı kitapları henüz bitirmediğinden, o gün yeni bir kitap almaya ihtiyacı yoktu aslında. Kütüphanenin kapısından içeri adımını atar atmaz donakaldı. Genç adam oradaydı, bir gün önce durduğu yerdeydi. Onu bekliyormuş gibi, başını kaldırıp Giulia'ya baktı. Giulia o an kalbinin yerinden çıkacakmış gibi atmaya başladığını hissetti.

Adam yanına geldi. O kadar yakınına sokuldu ki şeker kokan ılık nefesini yüzünde hissetti. Tavsiye ettiği kitap için teşekkür etmek istemiş ve nasıl bir hediye verebileceğini bilemediğinden, çalıştığı kooperatifte ürettikleri zeytinyağından küçük bir şişe getirmişti. Giulia bu düşünceli hareketten çok etkilenmiş olarak yüzüne baktı. Onda içine dokunan, nezaket ve asalet karışımı bir şeyler vardı. İlk defa bir erkekten bu kadar çok etkilendiğini hissediyordu.

Şaşkın bakışlarla şişeyi elinden aldı. Genç adam zeytinleri kendi elleriyle toplayıp sıktığını söyledi. Tam arkasını dönüp gitmeye hazırlandığı sırada Giulia bir cesaret, yanakları al al olmuş bir hâlde, iskelede küçük bir yürüyüş yapmayı teklif etti. Deniz çok yakın, hava çok güzeldi.

Ve teklifi kısa bir duraklamadan hemen sonra kabul edildi.

Adının Kamaljit Singh olduğunu öğrendiği genç adam, pek konuşkan sayılmazdı. Giulia durmadan konuşmayı ve kendilerinden bahsetmeyi çok seven Sicilyalı erkeklere alışkın olduğundan bu duruma bir hayli şaşırmıştı. Sicilyalı kadınların en önemli görevi erkekleri dinlemekti. Annesinin ona her zaman söylediği gibi kadın, erkeğin parıldamasına izin vermeliydi. Ancak Kamal farklıydı. Karşısındakine kolay kolay açılan biri değildi. Buna rağmen Giulia'ya hayat hikâyesini anlatmayı kabul etmişti.

Sih dinine mensuptu ve Sihlerin maruz kaldıkları zulüm nedeniyle doğup büyüdüğü Keşmir şehrini yirmi yaşında terk etmişti. 1984 yılındaki olaylar sırasında Hint ordusunun, bağımsızlık taraftarlarını kanla bastırması ve Sihleri Altın Tapınak'ta katletmesinden beri yaşamları tehdit altındaydı. Pek çok aile yetişkinlik çağına gelen çocuklarını Batı'ya göndermeyi seçmişti ve Kamal de buz gibi soğuk bir gecede, yanında anne babası olmadan Sicilya'ya gelmişti. Adadaki bir hayli büyük Sih topluluğu ona kucak açmıştı. Söylediğine göre İtalya, Avrupa'da İngiltere'den sonra Sihlere kapılarını açan ikinci ülkeydi. Kamal işverenlere taşeron olarak ucuz işçi temin eden mafya sistemi aracılığıyla çalışmaya başlamıştı. Giulia'ya mafya şefinin ülkede kaçak olarak bulunan yabancıları nasıl işe alıp çalıştırdığını anlattı. Onlara verdiği yol masrafı, bir şişe su ve kuru bir sandviç karşılığında, bazen neredeyse maaşlarının yarısına denk gelen bir komisyon alıyordu. Kamal'in saatlik bir veya iki avro ücrete talim ettiği zamanlar bile olmuştu. Adada yetişen ne varsa toplamıştı: limon, zeytin, domates, portakal, enginar, kabak, badem... Mafya şefinin teklif ettiği işi ya kabul eder ya da etmezdin. Çalışma koşullarıyla ilgili pazarlık yapmak söz konusu bile değildi.

Kamal nihayet bir gün sabrının mükafatını görmüştü. Üç yıl boyunca kaçak işçi olarak çalıştıktan sonra ülkeye sığınmacı olarak kabul edilmiş ve daimî oturum izni almıştı. Bir zeytinyağı fabrikasında gececi olarak çalışmaya başlamıştı. İşini seviyordu. Giulia'ya, zeytinleri hasar vermeden toplamak için ağaçların dallarını tırmığa benzer bir aletle nasıl taradığını anlattı. Bazıları binlerce yıllık olan ağaçlarla yarenlik etmeyi seviyordu. Bu kadar uzun ömürlü olmaları ona çok büyüleyici geliyordu. Gülümseyerek, zeytinin hem asil bir besin hem de barışın sembolü olduğunu söyledi.

Her ne kadar hükümetten oturma izni almış olsa da ülkenin ona kucak açtığı pek söylenemezdi. Sicilya halkı göçmenlere uzaktan bakmayı tercih ediyordu, bu iki farklı dünya yan yana ama birbirleriyle iletişim kurmadan yaşıyorlardı. Kamal ülkesini terk ettiğine pişmandı. Oradan bahsederken hüzün bütün bedenini kocaman bir manto gibi kaplıyordu.

O gün Giulia atölyeye her günkünden iki saat geç döndü. Onu endişeyle bekleyen *Nonna*'yı yatıştırmak için yolda bisikletinin tekerinin patladığını söyledi.

Giulia gerçeği söylememişti. Aslında bisikletinin tekerleri sapasağlam ancak kalbi alaboraydı.

Sarah

Montreal, Kanada

Sanki bir bomba patlamıştı. Bomba, karşısındakine böyle bir haberi nasıl vermesi gerektiğini bilmeyen bu hafif sakar doktorun muayenehanesinin orta yerinde patlayıvermişti. Mesleğe yıllarını vermiş deneyimli bir doktor olmasına rağmen bu duruma bir türlü alışamamıştı. Bunun nedeni kuşkusuz ki hastalarına, korktukları o kelimeyi duyduklarında hayatları birkaç dakika içinde altüst olacak genç veya yaşlı bütün o kadınlara duyduğu merhamet olmalıydı.

BRCA2. Sarah, mutasyona uğrayan genin adını daha sonra öğrenecekti. Aşkenaz* kadınların lanetiydi bu. Sanki yeterince çekmemişler; katliamlara, Holokost'a** maruz kalmamışlar gibi kanser de yine neden onu, onları seçmişti? Daha sonra tıbbi bir makalede okuyacağı üzere, Aşkenaz Yahudisi kadınların meme kanserine yakalanma riski kırkta bir iken, toplumun geri kalanının beş yüzde bir idi. Bu, bilimsel olarak kanıtlanmış bir gerçekti. İki önemli risk faktörü vardı:

* Doğu Avrupalı Musevileri tanımlamak için kullanılan isimdir. *(e.n.)*

** Adolf Hitler liderliğinde yapılmış Yahudi soykırımı. *(e.n.)*

birinci dereceden akrabalarda meme kanseri öyküsü ve ikiz hamilelik. Sarah bütün işaretlerin zaten açık ve net bir biçimde ortada olduğunu düşündü. Ancak onları görmemiş ya da görmek istememişti.

Sarah gözünü, karşısında oturan doktorun gür, siyah kaşlarından alamıyordu. Tanımadığı bu adam ona röntgen görüntülerindeki tümörden bahsediyordu, bir mandalina büyüklüğünde olduğunu söylüyordu ancak Sarah tuhaf bir biçimde bir türlü söylediklerine konsantre olamıyordu. Dikkatini verebildiği tek şey içinde vahşi hayvanların yaşadığı bir ormanı andıran, koyu renkli, diken diken kaşlarıydı; bir de kulaklarından fışkıran kıllar. Aylar sonra Sarah yeniden bugünü düşündüğünde aklına ilk gelen bu görüntü olacaktı, doktorun kendisine kanser olduğunu söyleyen kaşları.

Elbette o kelimeyi telaffuz etmemişti, zaten kimse etmiyordu. Bütün o dolambaçlı cümlelerinden, tıbbi jargonlardan bunu sizin tahmin etmeniz gerekiyordu. Sanki bir küfürmüş, bir tabuymuş gibi. Hatta bir lanetmiş gibi...

Doktor bir mandalina büyüklüğünde olduğunu söylemişti. Buradaydı. Gerçekti. Oysa Sarah bu anı geciktirmek için elinden geleni yapmıştı. Bıçak gibi saplanan ağrıyı, hissettiği aşırı bitkinliği görmezden gelmişti. Her seferinde bu fikri zihninden kovmuş; dile getirebileceği, getirmesi gerektiği anların hiçbirinde bunu yapmamıştı. Ancak şimdi onunla yüzleşmekten başka çaresi yoktu. Buradaydı ve gerçekti.

Sarah bir yandan bir mandalinanın çok büyük olduğunu, öte yandan o kadar da önemli olmadığını düşündü. Hastalığın hiç beklemediği bir anda, onu haince arkadan vurduğunu düşünmeden edemedi. Sinsi ve kurnaz tümör, saldırısını sessiz sedasız, bir gölgede planlamıştı.

Sarah doktorun kıpırdayan dudaklarını görse de söyledikleri ona ulaşmıyor gibiydi. Sanki doktorun sözleriyle arasında kalın bir duvar vardı, sanki aslında söyledikleri onun hakkında değil de başka biriyle ilgiliydi. Kanser olan bir yakını olsaydı onun için çok endişelenir, paniğe kapılır, hatta yıkılırdı. Tuhaf bir biçimde o an kendisi için pek bir şey hissetmiyordu. Doktorun söylediklerini sanki başka birinden, tanımadığı bir insandan bahsediliyormuş gibi etkilenmeden dinliyordu.

Görüşmenin sonunda doktor, bir sorusu olup olmadığını sordu. Sarah başını iki yana sallayıp o çok iyi bildiği ve her koşulda suratının ortasına yapıştırdığı, "Merak etmeyin, her şey yolunda," diyen ifadesiyle tebessüm etti. Elbette bir aldatmacadan; ardına bütün acılarını, kuşkularını, kaygılarını gizlediği bir maskeden başka bir şey değildi bu. Sarah yüzündeki pürüzsüz, zarif ve mükemmel gülümsemeyi korumaya devam etse de sonunda maskenin arkası tam bir savaş alanına dönmüştü.

Doktora, yaşama şansının ne kadar olduğunu sormadı çünkü geleceğini bir istatistiğe indirgemeyi reddediyordu. Bazı hastalar bilmeyi tercih ediyorlardı ancak Sarah bilmek istemiyordu. Rakamların; içine, bilincine, hayaline sızmasına izin vermeyecekti. Rakamlar da tıpkı tümör gibi çoğalıp moralini bozabilir, güvenini zedeleyebilir ve iyileşmesine engel olabilirdi.

Hukuk bürosuna geri dönmek için bindiği takside otururken hemen bir durum değerlendirmesi yaptı. O bir savaşçıydı. Savaşacaktı. Sarah Cohen bu davayı da diğer bütün davalar gibi ele alacaktı. Bugüne kadar aldığı hiçbir davayı (çok azı dışında) kaybetmemişti, ne kadar kötü huylu olsa da bir mandalinaya pabuç bırakacak değildi. "Sarah Cohen - M" davasında –bundan böyle hastalığın kod adı M olacaktı– karşılıklı saldırılar, hatta muhtemelen kalleşçe darbeler olacaktı. Karşı taraf yenilgiyi kolay kolay kabul etmeyecekti. Sarah mandalinanın ne kadar kurnaz olduğunu biliyordu. Bu sefer, bugüne kadar karşısına çıkanlardan çok daha yaman bir rakibe çatmıştı. Bu, oldukça uzun bir süreç olacaktı. Sinir harpleri yaşanacaktı. Ümide kapıldığı, kuşkuya düştüğü, hatta belki yenildiğini düşündüğü anlar olacaktı. Ne pahasına olursa olsun pes etmemesi gerekecekti. O, bu tür savaşların azimle kazanıldığını gayet iyi biliyordu.

Tıpkı dava dosyalarına yaptığı gibi, hastalıkla savaş stratejisinin genel hatlarını belirledi. Kimseye hiçbir şey söylemeyecekti. Hiç kimseye! Ofiste kimsenin hastalığını bilmemesi gerekiyordu. Böyle bir haber meslektaşları arasında, daha da kötüsü hukuk bürosunun müşterileri nezdinde bomba etkisi yaratırdı. Gereksiz yere endişelenirlerdi. Sarah hukuk bürosunun temel taşlarından, ana direklerinden biriydi ve bütün binanın yıkılmaması için çok sağlam durması gerekiyordu. Kaldı ki diğerlerinin ona acımalarını, merhamet göstermelerini de istemiyordu. Hasta olması bütün yaşamını değiştirmesini gerektirmiyordu. Kimsenin şüphelenmemesi için çok iyi bir organizasyon yapması, hastanedeki randevularını ajandasına not ederken gizli kodlar kullanması, ofiste olmayacağı zamanlar için bahaneler üretmesi gerekecekti. Yaratıcılığını kullanmalı, planlı ve akıllıca hareket etmeliydi. Sarah, aynı casus romanlarındaki gibi, yeraltında savaşacaktı. Hastalığını, tıpkı evlilik dışı bir ilişki gibi, herkesten gizli tutacaktı. Hem zaten hayatını bölümlere ayırarak yaşamak yıllardır alışkın olduğu bir şeydi. Etrafına ördüğü duvarı biraz daha yükseltecekti, o kadar! Sonuçta hamileliklerini gizlemeyi başarmıştı, hastalığını da saklayabileceğinden kuşkusu yoktu. Hastalık, kimsenin varlığını bilmediği gizli ve gayrimeşru çocuğu olacaktı. Kimselerin görmediği gayrimeşru çocuğu...

Sarah ofise döner dönmez işlerine kaldığı yerden devam etti. Bir yandan da belli etmemeye çalışarak meslektaşlarının tepkilerini, bakışlarını, ses tonlarını gözlüyordu. Hiçbir şeyin fark edilmediğini anlayınca içi rahatladı. Hayır, alnının ortasında "kanser" yazmıyordu. Kimse hasta olduğunu görmüyordu.

Ve kimse içinin bin parça olduğunu bilmiyordu.

Smita

Badlapur köyü, Uttar Pradeş, Hindistan

Gidecekti.

Bu düşünce, tıpkı gökten inen ilahi bir emir gibi Smita'nın aklına düşmüştü. Bu köyden gitmeleri gerekiyordu.

Lalita okula geri dönmeyecekti. Öğretmeni, sınıfı süpürmeyi kabul etmediği için diğer öğrencilerin önünde onu dövmüştü. İleride o çocuklar büyüyüp çiftlik sahibi olacaklardı ve Lalita da onların helalarını boşaltmak zorunda kalacaktı. Böyle bir şeyi kesinlikle kabul edemezdi. Smita buna asla izin vermeyecekti. Bir kere komşu köyün dispanserinde gördüğü bir doktor ona Gandi'nin şu sözünü söylemişti: "Hiç kimse insan dışkısına elini değdirmemelidir." Dediklerine göre Mahatma Gandi, Dokunulmazlar statüsünün anayasaya ve insan haklarına aykırı olduğunu ifade etmişti ancak buna rağmen hiçbir şey değişmemişti. Dalitlerin çoğu hiç itiraz etmeksizin kaderlerine razı oluyordu. Bazıları ise, tıpkı Dalitlerin manevi ustaları Babasaheb'in[*] yaptığı gibi, kast sisteminden

[*] Bhimrao Ramji Ambedkar, Babasaheb; 1891-1956 yılları arasında yaşamış Hintli politikacı, filozof, antropolog, ekonomist ve tarihçi. *(e.n.)*

kurtulmak için Budist olmayı seçiyordu. Smita binlerce kişinin aynı anda din değiştirdiği toplu ayinlerden bahsedildiğini duymuştu. Hatta yetkililerin gücünü zayıflatan bu hareketleri bastırmak için din değiştirmeyi engelleyen yasalar bile çıkarılmıştı. Bundan böyle din değiştirmek isteyen kişilerin devletten izin alması gerekiyordu, aksi hâlde haklarında yasal işlem başlatılıyordu. Durumun saçmalığı ortadaydı çünkü bu, hapishaneden kaçmak için gardiyandan izin istemek gibi bir şeydi.

Smita için böyle bir seçenek söz konusu bile olamazdı. O kendisinden önce anne ve babasının da taptığı tanrılara çok bağlıydı. Her şeyin ötesinde Vishnu'nun korumasına inanıyordu. Kendini bildi bileli gece gündüz ona dua ediyor; hayallerini, ümitlerini, kuşkularını bir tek ona açıyordu. Onu terk edecek olursa çok fazla acı çekerdi. Vishnu'nun yokluğu içinde yeri doldurulamaz bir boşluğa neden olur, hatta anne ve babasının ölümünden çok daha öksüz hissettirirdi. Ancak Smita doğup büyüdüğü bu köye karşı hiçbir bağ hissetmiyordu. Her gün bıkıp usanmadan temizlemek zorunda olduğu bu pis topraklar, kocasının her akşam zavallı bir kupa gibi eve getirdiği sıska farelerden başka hiçbir şey vermemişti ona.

Gidecekti, bu köyden kaçacaktı. Başka çaresi yoktu.

Sabah olur olmaz Nagarajan'ı uyandırdı. Kocası bütün gece uyumuş, o ise sabahı sabah etmişti. Onun böyle huzur içinde uyuyabilmesine gıpta ediyordu. Nagarajan geceleri, yüzeyinde en ufak bir kıpırtı dahi olmayan dingin bir göl gibiydi; Smita ise yattığı yerde bir sağa bir sola saatlerce dönüp duruyordu. Karanlık, endişelerini yatıştırmıyor; aksine, sokak lambalarının ışığı altında daha da korkunç görünüyordu. Karanlıkta her şey gözüne son derece dramatik ve sonsuza dek sürecekmiş gibi geliyordu. Peşini bir türlü bırakmayan bu düşünce kasırgasının durması için sürekli dua ediyordu. Bazı geceler gözünü dahi kırpmadan sabah oluyordu. Smita insanların uykuda da eşit olmadıklarını düşündü. İnsanlar hiçbir konuda eşit değillerdi...

Nagarajan homurdanarak gözünü açtı. Smita kocasını kolundan çekip onu zorla yataktan çıkardı. Enine boyuna düşünmüştü. Köyden gitmeleri gerekiyordu. Bu hayattan bekleyebilecekleri en ufak bir şey yoktu çünkü, bu hayat her şeylerini almıştı. Lalita için fazla geç sayılmazdı, o henüz yaşamının baharındaydı. Şu an her şeye sahipti ancak diğerleri, hepsini elinden alacaktı. Smita buna asla izin vermeyecekti.

Nagarajan karısının saçmaladığını düşündü, yine bütün gece uyumamış olmalıydı. Smita ısrar etti. Şehre gitmeleri gerekiyordu. Dediklerine göre şehirdeki okullarda ve üniversitelerde Dalitlere de yer vardı. Kendileri gibi olanlara. Orada Lalita'nın da bir şansı olacaktı. Nagarajan başını iki yana salladı. Şehir bir hayal, boş bir rüyaydı. Şehirdeki Dalitler, evsiz barksızdılar. Kaldırım kenarlarında veya şehrin dış mahallelerinde mantar gibi biten gecekondularda yaşamak zorundaydılar. Burada en azından aç açıkta kalmış değillerdi. Smita birden parladı: Fare yiyip bok topluyorlardı! En azından şehirde doğru düzgün bir iş bulup onurlu bir biçimde yaşayabilirlerdi. Denemeye değerdi, buna cesareti vardı, zorluklar gözünü hiç korkutmuyordu, her işi yapmaya hazırdı, bu hayatı yaşamaktansa her şeye razıydı. Kocasına yalvardı. Bunu kendisi için, onlar için, Lalita için yapmasını istedi.

Nagarajan artık iyice ayılmıştı. Smita aklını mı kaçırmıştı böyle! Hayatına öyle istediği gibi yön verebileceğini mi zannediyordu? Karısına bir süre önce bütün köyü sarsan o olayı hatırlattı: Onlar gibi bir Dalit olan komşularının kızı, okumak için şehre gitmeye karar vermişti. Köyden kaçarken Jatiler onu kırsalda yakalamışlardı. Sekiz kişi ıssız bir tarlaya götürüp iki gün boyunca kıza tecavüz etmişlerdi! Kızcağız evine geri döndüğünde yürüyemeyecek hâldeydi. Anne babası burada otoriteyi temsil eden köy meclisi Panchayat'a şikâyette bulunmuştu. Elbette, bünyesinde tek bir kadın üye veya Dalit bulundurmayan Panchayat da tamamen Jatilerin elindeydi. Meclisin aldığı her karar, Hindistan Anayasası'na aykırı dahi olsa kanun hükmündeydi. Bu paralel adaleti kimse asla sorgulamıyordu. Meclis, şikâyetlerini geri almaları koşuluyla, bu olayı telafi etmek için cüzi bir para önermişti ancak genç kız utanç parasını reddetmişti. Babası ilk başta kızına arka çıkmış olsa da sonunda toplum baskısına dayanamayarak intihar etmişti. Onun ölümünden sonra ailesi tamamen gelirsiz kalmış ve karısı da o korkunç dul statüsüne mahkûm olmuştu. Köylüler tarafından lanetlenen karısı ve çocukları, evlerini terk etmek zorunda kalarak büyük bir yoksulluk içinde yol kenarındaki bir hendekte yaşamaya başlamışlardı.

Smita bu hikâyeyi gayet iyi anımsıyordu. Kocasının hatırlatmasına ihtiyacı yoktu. Burada, yaşadığı bu ülkede, tecavüz kurbanlarının suçlu görüldüklerini çok iyi biliyordu. Bu ülkede kadına saygı duyulmuyordu, hele ki o kadın bir Dokunulmaz ise... Dokunmanın, hatta bakmanın bile yasak olduğu bu insanlara hiç utanmadan tecavüz etmek serbestti. Bu topraklarda borcu olan adamı cezalandırmak için karısına tecavüz ediliyordu. Evli bir kadınla ilişkiye giren adamı cezalandırmak için kız kardeşlerine... Tecavüz çok güçlü bir silahtı. Tecavüz en büyük kitle imha silahıydı. Bunun bir salgın olduğunu söyleyenler dahi vardı. Yakın geçmişte komşu köylerden birindeki köy meclisinin aldığı bir karar, gazete manşetlerinde yer almıştı: İki genç kız, üst kasta mensup evli bir kadınla kaçan ağabeylerinin işlediği bu suça karşılık, köy meydanında çırılçıplak soyulup tecavüz edilme cezasına çarptırılmıştı. Meclisin verdiği ceza, köy halkının gözü önünde uygulanmıştı.

Nagarajan, Smita'nın aklını başına getirmeye çalıştı. Kaçacak olurlarsa Jatilerin intikamının korkunç olacağından emindi. Hatta sadece ikisiyle kalmaz, Lalita'yı da cezalandırırlardı. Bir çocuğun hayatı kendi hayatından daha değerli değildi. Tıpkı geçen ay komşu köydeki iki Dalit genç kıza yaptıkları gibi, her ikisine de tecavüz edip bir ağaca asarlardı. Smita içini ürperten o rakamı duymuştu: Ülke genelinde her yıl iki milyon kadın öldürülüyordu. Her yıl iki milyon kadın hiç kimsenin umurunda olmadan erkek barbarlığının kurbanı oluyordu. Bu durum dünyanın da umurunda değildi. Bütün dünya onlara arkasını dönmüştü.

Bu şiddet, bu nefret seli karşısında kim olduğunu sanıyordu? Bundan kaçabileceğine mi inanıyordu? Diğerlerinden daha güçlü olduğunu mu düşünüyordu?

Nagarajan'ın peş peşe sıraladığı korkunç olaylar Smita'nın inadını kıramadı. Gece gideceklerdi. Hazırlıklarını gizlice yapacaklardı. Önce yüz kilometre uzaktaki kutsal Varanasi şehrine gideceklerdi; oradan bir trene binip Hindistan'ın öbür ucuna, annesinin kuzenlerinin yaşadığı Chennai şehrine varacaklardı. Annesinin kuzenleri onlara yardım ederdi. Şehir, deniz kıyısındaydı. Dediklerine göre orada bir adam kendisi gibi *scavenger* olanlar için bir balıkçı köyü kurmuştu. Hatta Dalit çocukların gittikleri bir okul bile vardı. Lalita okuma yazma öğrenecekti. Bir işleri olacaktı ve bundan böyle fare yemek zorunda kalmayacaklardı.

Nagarajan kuşkuyla Smita'nın yüzüne baktı. Böyle bir yolculuğu hangi parayla karşılayacaklardı peki? Sahip oldukları her şeyi satsalar dahi ellerine geçecek para, tren biletlerine yetmezdi. Var olan üç kuruşu da Lalita'nın okula gidebilmesi için Brahmana vermişlerdi zaten. Ellerinde avuçlarında hiçbir şey kalmamıştı. Smita sesini alçalttı. Uykusuz geçirdiği onca geceden sonra bitkin düşse de tuhaf bir şekilde, kulübenin karanlığında kendisini hiç olmadığı kadar güçlü hissetti. Verdikleri parayı geri alacaklardı. Nerede olduğunu biliyordu. Helalarını boşaltmak için evlerine girdiği bir gün Brahmanın karısının, verdikleri parayı mutfağa sakladığını görmüştü. Her gün evlerine gidiyordu, bir anlık boşluktan faydalanıp... Nagarajan birden öfkeyle patladı. Smita'nın içine hangi *asura** girmişti böyle? Bu korkunç planı hem onu hem de ailesini ölüme götürecekti! Bu deli saçması planlara dahil olmaktansa bütün hayatı boyunca fare yakalamayı, hatta kuduza yakalanmayı tercih ederdi! Eğer Smita yakalanacak olursa bu hepsinin sonu olurdu, hem de korkunç bir son! Böyle büyük bir riske atılmaya değmezdi. Ne Chennai'de ne de başka bir yerde onlar için ümit vardı. Bu hayatta ümit edebilecekleri hiçbir şey yoktu. Ancak belki bundan sonraki hayatta... Doğru yoldan sapmazlarsa reenkarnasyon döngüsü belki gelecek sefer onlara karşı daha merhametli olabilirdi. Nagarajan içten içe, gelecek sefer bir fare olarak doğmayı ümit ediyordu. Ancak her gün tarlalarda çıplak elle yakalayıp akşam yemeğinde kızarttığı o aç ve tüyleri diken diken olanlardan değil, Pakistan sınırına yakın Deshnoke Tapınağı'ndaki kutsal sayılan farelerden biri olarak... Çocukken babası onu bir kere o tapınağa götürmüştü. Orada tam yirmi bin fare vardı! Halk bu farelerin Tanrı olduklarına inanıyor ve onları sütle besliyordu. Rahip onlara bakmakla yükümlüydü. Adak adamak için ülkenin dört bir yanından insanlar akın akın geliyordu. Nagarajan babasının anlattığı Tanrıça Karminata'nın hikâyesini hiç unutmamıştı: Oğlu ölen Tanrıça Karminata, onu geri vermeleri için dua etmiş ve oğlu fare olarak reenkarne olmuştu. Tapınak, bu kayıp oğlan çocuğunun anısına inşa edilmişti. Hayatını bütün gün tarlalarda fare yakalamakla

---

* Hint mitolojisinde şeytani varlık. *(e.n.)*

geçiren Nagarajan, tıpkı bütün hayatı boyunca peşinden koştuğu hayduda saygı duymaya başlayan bir kanun adamı gibi, sonunda bu kemirgenlere saygı duymaya başlamış, yakınlık hisseder olmuştu. Bu canlıların da kendisinden bir farkı olmadığını düşünüyordu artık. Sonuçta onlar da karınlarını doyurmaya ve hayatta kalmaya çalışıyorlardı. Gerçekten de fare olarak reenkarne olup hayat boyu sütle beslenmenin çok hoş olacağına inanıyordu. Yorucu bir günün sonunda bazen bir ninni gibi bu düşünceyle uykuya daldığı bile oluyordu. Belki tuhaf bir ninniydi bu, ancak önemli değildi. Sonuçta bu onun ninnisi, onun hayaliydi.

Smita kesinlikle sonraki hayatı beklemek istemiyordu. Kendisi ve Lalita için istediği, yaşamakta oldukları hayattı ve onu hemen şimdi istiyordu. Kocasına, hükümetin zirve noktasına oturan ve ülkenin en zengin kadını olan Dalitten, Kumari Mayawati'den bahsetti. Dalit bir kadın vali olmuştu! Dediklerine göre helikoptere biniyordu! O boyun eğmemişti. Bu hayattan kurtulmak için ölümü beklememiş, hem kendisi hem de diğerleri için savaşmıştı. Nagarajan iyice sinirlendi. Aslında Smita, Dalitlerin davasını savunacağını vaat ederek valiliğe kadar gelen bu kadının kendi gibi olanları kesinlikle umursamadığını gayet iyi biliyordu. Hepsini yüzüstü bırakmıştı. O helikopterle uçarken diğerleri bokun içinde sürünüyordu, gerçek işte buydu! Ne Mayawati ne de diğerleri... Onları bu hayattan, bu karmadan kurtaracak hiç kimse yoktu. Onları bir tek ölüm kurtarabilirdi. Eğer hemen bir şey yapmazlarsa o zamana kadar da burada, doğup büyüdükleri bu köyde kalacaklardı. Nagarajan kılıç gibi keskin bu sözlerin ardından kulübeyi terk etti.

Öyle olsundu. Nagarajan gelmek istemiyorsa o da tek başına giderdi.

Giulia

Palermo, Sicilya

"Şimdi artık yaşayan her şeyin
bir sesi ve kanı var.
Şimdi artık tir tir titreyen,
ümit içinde kıvranıp
sabahları üzülen
yer ve gök;
adımlarının ve nefesinin altında
*tan ağartısıyla örtülüyor."**

Kamal ile Giulia birbirlerini her gün görmeye başlamış, Giulia'nın öğle tatillerinde kütüphanede buluşmayı alışkanlık hâline getirmişlerdi. Çoğu zaman deniz kenarında yürüyüşe çıkıyorlardı. Hâli ve tavırları Sicilyalı erkeklerinkine benzemeyen bu genç adam, Giulia'nın merakını cezbediyordu. Ailesindeki bütün erkekler otoriter, geveze, öfkeli ve inatçıydılar. Kamal ise tam tersiydi.

---

* Cesare Pavese, *Travailler Fatigue. La Mort Viendra Et Elle Aura Tes Yeux* [Çalışmak Yorar. Ölüm Gelecek ve Gözleri, Gözlerin Olacak] Seçme Şiirler, Şiirler/ Gallimard, 1979.

Giulia hiçbir zaman onu görüp göremeyeceğini önceden bilemiyordu. Her öğlen kütüphanenin salonuna girip etrafı kolaçan ediyordu. Kamal bazı günler orada oluyor, bazı günler gelmiyordu ve bu tatlı belirsizlik merakını daha da artırıyordu. Midesinde uçuşan kelebekler onu her gece uykusundan uyandırıyordu. Bu, Giulia için yepyeni olduğu kadar muhteşem bir duyguydu da. Pavese'nin şiirlerini tekrar tekrar okuyordu çünkü bir tek onun mısraları daha şimdiden içinde yanan özleme merhem olacak güçteydi.

Yine bir öğlen vakti gezintiye çıktıklarında, olan oldu. Giulia genç adamı her zamankinden daha uzağa, turistlerin pek rağbet etmedikleri tenha bir plaja götürdü. Bazı günler kitap okumak için sığındığı ve kimsenin bilmediği –en azından öyle olduğuna inanmak hoşuna gidiyordu– mağarayı göstermek istiyordu.

Günün bu saatinde koyda in cin top oynuyordu. Gözlerden uzak mağaranın içi sessiz, nemli ve karanlıktı. Giulia tek kelime etmeden soyundu. İncecik yazlık elbisesi üzerinden kayıp ayaklarının dibine düştü. Kamal âdeta incitmekten korktuğu için koparmaya kıyamadığı bir çiçeğin önünde durur gibi, olduğu yerde kıpırdamadan öylece kaldı. Giulia davet edercesine elini genç adama doğru uzattı. Kamal usulca başındaki sarığı çözdükten sonra saçlarını hapseden tarağı çekip çıkardı. Gür siyah saçları birden bir yün çilesi gibi açılarak beline kadar indi. Giulia bütün bedeninin titrediğini hissetti. Hayatında hiç bu kadar uzun saçlı bir erkek görmemişti. Burada bir tek kadınlar saçlarını uzatırdı. Oysa Kamal'in kesinlikle kadınsı bir hâli yoktu. Simsiyah saçlarıyla Giulia'nın gözüne son derece erkeksi görünüyordu. Kamal tıpkı taptığı bir putun ayaklarını öper gibi, dokunmaya cesaret edemiyormuşçasına usulca dudaklarından öptü.

Giulia daha önce asla böyle bir şey yaşamamıştı. Kamal gözleri kapalı hâlde, dua eder gibi, bütün hayatı buna bağlıymış gibi sevişiyordu. Geceler boyu çalışmaktan elleri aşınmış olsa da kocaman, yumuşacık bir fırçaya benzeyen teni; Giulia'nın teninde ürpertiler yaratıyordu.

Sevişmelerinin sonunda uzunca bir süre kıpırdamadan birbirlerine sarılarak öylece kaldılar. Giulia atölyedeki işçilerin sürekli, alaycı bir biçimde, seviştikten sonra arkasını dönüp horlamaya başlayan erkeklerden bahsettiklerini duyuyordu ancak Kamal o erkeklerden değildi. Ona, elinden bırakmak istemediği bir hazine gibi sımsıkı sarılmıştı. Giulia ateş gibi yanan bedeni onun bedeninde, beyaz teni onun yumuşacık esmer teninde böyle saatlerce yatabilirdi.

O günden sonra sık sık deniz kenarındaki mağarada buluşmaya başladılar. Kamal geceleri kooperatifte, Giulia gündüzleri atölyede çalıştığından Giulia'nın öğle tatilinde buluşuyorlardı. Zamandan çalınmış bu gündüz vakti sevişmelerinin çok farklı bir tadı vardı. Bütün Sicilya; ofislerde, bankalarda, pazarlarda çalışırken onlar sevişiyordu. Sadece onlara ait olan bu saatlerin tadını doyasıya çıkarıyorlardı. Birbirlerinin bedenlerindeki benleri sayıyor, dakikalarca yara izlerini inceliyor, tenlerinin her santimetresinin tadına bakıyorlardı. Gündüz sevişmek gece sevişmeye benzemiyordu; gün ışığında bir bedeni keşfetmenin çok daha cüretkâr, tuhaf bir biçimde çok daha hayvani bir yanı vardı.

Giulia, Kamal ile buluşmalarını çocukken yazın bayramlarda gördüğü *tarantella** dansçılarına benzetiyordu. Dansçılar karşı karşıya geliyor, birbirlerine dokunuyor ve ayrılıyorlardı. Ritmini; birinin gece, diğerinin gündüz işe gidiş gelişlerinin

---

* Güney İtalya'da geleneksel bir dans türü. *(e.n.)*

belirlediği ilişkilerinin dans adımları da aynen böyleydi. Bu saat farkı romantik olduğu kadar can sıkıcıydı da.

Kamal son derece gizemli bir adamdı. Giulia onun hakkında neredeyse hiçbir şey bilmiyordu. Sicilya'ya gelmek için terk etmek zorunda kaldığı önceki hayatından hiç bahsetmiyordu. Bazı günler denizi seyrederken gözlerinin uzaklara dalıp gittiğini fark ediyordu. Üzüntü bütün bedenini bir örtü gibi sarıyordu. Giulia için deniz sonsuz bir zevk, âdeta bir tür şehvet kaynağıydı. Yüzmeyi, suyun teninin üzerinden kayışını hissetmeyi çok seviyordu. Bir gün Kamal'i birlikte yüzmeye ikna etmeye çalışmış ancak genç adam kesinlikle yanaşmamıştı. "Deniz mezarlıktır," demişti, fakat Giulia neden böyle söylediğini sormaya cesaret edememişti. Ne yaşadığına, suyun ondan neler çaldığına dair en ufak bir fikri yoktu. Belki bir gün anlatırdı.

Birlikte oldukları zamanlarda ne geçmiş ne de gelecekten bahsediyorlardı. Giulia'nın genç adamdan, günden çalınmış bu saatlerden başka bir beklentisi yoktu. Önemli olan tek şey, birlikte oldukları ve bedenlerinin tıpkı bir yapbozun iki parçası gibi mükemmel bir uyumla yek vücut olarak birleştiği o andı.

Kamal hayatından bahsetmese de ülkesinden bahsetmeyi seviyordu. Giulia anlattıklarını bıkmadan, saatlerce dinleyebilirdi. Genç adam Giulia'ya fevkalade yabancı olan bu ülke hakkında açık bir kitap gibiydi. Giulia onun anlattıklarını dinlerken gözlerini kapattığında kendisini tek başına bir gemide seyahat eder gibi hissediyordu. Kamal; Keşmir'in dağlarından, Jhelum Nehri'nin kıyılarından, Dhal Gölü'nden ve gölün üzerinde yüzen otellerden, sonbaharda kızıla bürünen ağaçlardan, yemyeşil bahçelerden, Himalaya Dağları'nın eteklerini göz alabildiğine kaplayan lalelerden bahsediyordu. Giulia çok daha fazlasını öğrenmeyi diliyor, Kamal hiç susmasın istiyordu. "Anlat," diyordu, "anlatmaya devam et." Kamal dininden, inançlarından, *Rehat Maryada*'dan*; Sihlere saç ve sakal kesmeyi, içkiyi, sigarayı, et yemeyi ve şans oyunları oynamayı yasaklayan kurallarından bahsediyordu. Dürüst ve iffetli bir yaşam sürmeyi teşvik eden tek ve yaratıcı Tanrı'sından; ne Hıristiyan ne Hindu ne de başka bir inançtan olan, sadece ve sadece "tek" olan Tanrı'sından bahsediyordu. Sihlerin inancına göre bütün dinler aynı Tanrı'ya varıyorlardı ve bu yüzden her biri saygıya layıktı. Giulia ilk günahın, cennetin ve cehennemin olmadığı bu inancı çok sevmişti. Kamal'e göre cennet de cehennem de bu dünyadaydı ve Giulia buna kesinlikle katılıyordu.

Kamal, Sih dinine göre kadınla erkeğin aynı ruha sahip olduklarını söylüyordu. Her iki cinsiyeti de eşit olarak değerlendiriyordu. Onun dinine göre kadınlar tapınaklarda ilahi okuyabilirler, vaftiz gibi dini törenleri yönetebilirlerdi. Aile ve toplum içinde sahip oldukları önemli rol nedeniyle kadınlara özen gösterip hürmet edilirdi. Her Sih bir diğerinin karısını kendi annesi veya kız kardeşi gibi, diğerinin kızını da kendi kızı gibi görüyordu. Bu eşitliğin önemli bir göstergesi olarak da cinsiyet ayrımı gözetilmeksizin kız ve oğlan çocuklarına aynı isimler veriliyordu. Yalnızca, ikinci isim olarak, erkeklere "aslan" anlamına gelen *Singh*, kadınlara ise "prenses" anlamına gelen *Kaur* ismi ekleniyordu.

Prenses.

Giulia, Kamal'in ona prenses diye hitap etmesinden çok hoşlanıyordu. Gün geçtikçe öğleden sonraları işe geri dönmek daha zor gelmeye başlamıştı. Kamal'den hiç ayrılmadan günlerce kollarında kalmanın çok hoş olacağını düşünüyordu. Günlerce ve hatta gecelerce... Bütün hayatını bu

* Sihlerin davranış ve örflerini içeren ilkeler. *(e.n.)*

mağarada Kamal ile sevişerek ve onun anlattıklarını dinleyerek geçirebilirdi.

Oysa burada olmaması gerektiğini çok iyi biliyordu. Kamal'in teninin rengi, Lanfredi ailesinin ten renginden ve tanrısı da Lanfredi'lerin tanrısından çok farklıydı. Annesinin vereceği tepkiyi gayet iyi tahmin ediyordu: "Siyah tenli bir erkek, üstelik Hristiyan da değil!" Annesi utançtan ölürdü. Bütün mahallenin diline düşerlerdi.

Bu yüzden Giulia, Kamal'i herkesten gizlemişti. Yasak bir ilişki yaşıyorlardı. Kaçak bir aşktı bu.

Öğle tatilinden gittikçe daha geç döner olmuştu. *Nonna* bir şeyler döndüğünden kuşkulanmaya başlamıştı. Yüzünde daha önce alışık olmadığı bir gülümseme, gözlerinde değişik bir ışıltı fark etmişti. Giulia her gün kütüphaneye gittiğini söylüyordu ancak her seferinde nefes nefese ve yanakları alev alev dönüyordu. Hatta bir öğleden sonra *Nonna*, onun başörtüsünün altına sakladığı saçlarında kum taneleri görür gibi olmuştu. İşçiler aralarında dedikodu yapmaya başlamışlardı: Giulia âşık mıydı? Kime? Mahalleden biri miydi? Genç miydi? Yaşlı mıydı? Giulia o kadar ateşli bir biçimde inkâr ediyordu ki neredeyse itiraf eder gibiydi.

Alda, "Zavallı Gino," diye iç geçirdi, "kalbi çok kırılacak!" Atölyedeki herkes, mahalledeki kuaför salonunun sahibi Gino Battagliola'nın Giulia'ya deli divane olduğunu biliyordu. Yıllardır ona kur yapıyordu. Her hafta kestiği saçları satmak için atölyeye geliyor; hatta bazı günler öylesine, sırf Giulia'yı selamlamak için uğradığı da oluyordu. Atölyedekiler onunla dalga geçip boş yere getirdiği hediyelerle alay ediyorlardı. Giulia ona en ufak bir ilgi göstermiyordu ancak Gino ümidini yitirmiyor ve bıkıp usanmadan eli kolu işçilerin büyük bir iştahla mideye indirdikleri incirli kurabiyelerle dolu olarak gelmeye devam ediyordu.

Giulia her akşam atölyeyi kapattıktan sonra babasının başucuna gidip kitap okuyordu. Bazen, yaşadıkları bu büyük trajedinin ortasında kendisini bunca canlı hissettiği için suçluluk duyuyordu. Babası hastanede ölümle pençeleşirken onun bedeni coşuyor, ürpertiler geçiriyor, daha önce hiç olmadığı kadar haz alıyordu. Acıya ve üzüntüye yenik düşmemek için, hayata devam edebilmek için buna asılmaya ihtiyacı vardı. Kamal'in teni, hayatın üzüntüsüne karşı en etkili merhemdi. Giulia sadece haz alan bir bedenden ibaret olmak istiyordu çünkü onu ayakta, hatta hayatta tutan yegâne şey, bedeninde hissettiği bu hazdı. Ruhu uç duygular arasında savrulup duruyordu, içi kâh coşkuyla dolup taşıyor kâh acıyla kavruluyordu. İp üstünde yürüyen bir akrobat gibi rüzgârla bir o yana bir bu yana sallandığını hissediyordu. Hayat böyle bir şeydi işte, bazen en karanlık ve en aydınlık zamanları aynı anda yaşatıyordu. Bir yandan alırken, öbür yandan veriyordu.

Bugün annesi ona yeni bir görev vermişti. Hastaneden istedikleri belgeyi evde bulamayınca, "Tanrım, bütün bunlar ne kadar da karmaşık işler," diye söylenerek babasının atölyedeki bürosundan bir belge almasını istemiş, Giulia da o odaya girmeyi hiç istemediği hâlde annesini kırmak istememişti. Kazadan beri babasının bürosuna ayak basmamıştı. Kimsenin babasının eşyalarına el sürmesini istemiyordu. Komadan çıktığında her şeyi bıraktığı gibi bulmasını, bütün dünyanın dönüşünü beklediğini görmesini istiyordu.

Büroya dönüştürülmüş projeksiyon odasının kapısını iterek açtı. İçeri girmeden önce bir an eşikte durdu. Duvarda, atölyeyi yönetmiş üç nesil Lanfredi üyesinin fotoğrafları asılıydı; Pietro'nunki, babasının ve büyükbabasının fotoğraflarının yanındaydı. Onların biraz ötesinde duvara raptiyeyle tutturulmuş başka fotoğraflar da vardı: Francesca'nın bebekliği, Giulia'nın Vespa üzerindeki hâli, Adela'nın Komünyon Günü çekilen karesi ve annesinin yüzünde gergin bir gülümsemeyle poz verdiği düğün fotoğrafı. Ayrıca Papa'nın da –François değil de hayran olduğu Papa II. Jean Paul– bir fotoğrafı vardı.

Oda, babası kaza geçirdiği sabah nasıl bırakmışsa öyle duruyordu. Giulia babasının koltuğuna, masasının üzerinde duran klasörlere, çocukken onun için kendi elleriyle kilden yaptığı, içi izmarit dolu kül tablasına baktı. Dünya Giulia'nın gözüne bomboş, ancak tuhaf biçimde bir o kadar da anlamlı geliyordu. Masanın üzerindeki ajanda o korkunç 14 Temmuz gününü gösteriyordu. Giulia kendinde sayfayı çevirme gücü bulamadı. Birden babasının bütün varlığıyla burada, siyah deri kaplı Moleskine ajandasının içinde, ajandanın çizgileri arasında, üzerindeki kelimelerin mürekkebinde, sayfanın alt kısmındaki küçük lekede olduğunu hissetti. Giulia babasının varlığını odadaki havanın her zerresinde, eşyaların her santimetresinde hissediyordu.

Bir an içinden vazgeçmeyi, kapıyı kapatıp gitmeyi geçirdi. Ancak kıpırdamadan olduğu yerde durmaya devam etti. Annesine istediği belgeyi getireceğine söz vermişti. Usulca önce ilk çekmeceyi, sonra ikinci çekmeceyi açtı. En alttaki üçüncü çekmece kilitliydi. Giulia şaşırdı. İçini kötü bir his kapladı. Çünkü babası sırları olan bir adam değildi, Lanfredi ailesinin kimseden saklayacak bir şeyi yoktu. Öyleyse bu çekmece neden kilitliydi?

Birden kafasının içine binlerce soru üşüşmeye başladı. Hayal gücü ipini koparmış bir at gibi dörtnala koşuyordu: Babasının gizli bir hayatı, bir metresi olabilir miydi? Bir ahtapot kollarını babasına dolamış olabilir miydi? Lanfredi ailesinde bu tür ahlaksızlıklara yer yoktu. O hâlde Giulia'nın içini saran bu kuşkunun, kara bir bulut gibi ufkunu karartan bu sezginin sebebi neydi?

Kısa bir arayıştan sonra, çekmecenin anahtarını annesinin hediyesi olan puro kutusunun içinde buldu. Bütün bedenini bir ürperti kapladı. Bunu yapmaya hakkı var mıydı? Vazgeçmek için hâlâ zamanı vardı.

Titreyen ellerle anahtarı kilidin içinde çevirdi. Açılan çekmecede bir kâğıt demeti buldu. Kâğıtları eline aldı.

Ve o an yerin ayaklarının altından kaydığını hissetti.

Sarah

Montreal, Kanada

Sarah'nın planı başlarda gayet iyi işlemişti.

Ameliyat için işten iki hafta izin almıştı. Aslında doktoru bir hafta hastanede yatması, iki hafta da evde istirahat etmesi gerektiğini söyleyerek üç hafta alması için ısrar etmişti ancak Sarah iş yerindekilerin şüphesini uyandırmamak adına ev istirahatini bir haftayla sınırlı tutmayı tercih etmişti. İki yıldır tatile çıkmamıştı, yılın bu zamanı çocukların okulu tatil değildi; kasım ayının ortasında, üstelik davalar birbiri ardına gelirken durduk yerde kim izin alırdı ki?

Ne evdekilere ne de iş yerindekilere bir şey söylemişti. Çocuklarını endişelendirmemek için onlara "küçük ve önemsiz bir ameliyat geçireceğini" söylemekle yetinmişti. O hafta için planlarını ikizlerin babalarında, Hannah'nın ise büyükbabasında kalabileceği şekilde yapmıştı. Hannah ilk başta karşı çıkmış olsa da sonunda annesinin isteğine razı olmuştu. Sarah hastaneye çocuk sokmadıklarını bahane ederek ziyarete gelmelerinin mümkün olmayacağını söylemiş, yüreğinde hissettiği sızıyı dindirmek için de kendini, "Küçücük bir yalandan bir şey olmaz," diyerek teselli etmişti. Çocuklarını hastaneden, o keskin kokulu beyaz cehennemden uzak tutmaya çalışıyordu. Her şeyin ötesinde hastanede onu en çok rahatsız eden şey, mide bulandırıcı dezenfektan ve çamaşır suyu karışımı kokuydu. Ve pek tabii çocuklarının onu zayıf ve kırılgan bir hâlde görmelerini istemiyordu.

Özellikle Hannah oldukça hassas bir çocuktu. En ufak bir esintide yaprak gibi titriyordu. Sarah kızının empatiye eğilimini daha çok küçük yaşlarda fark etmişti. Dünyanın acısını içinde hissediyor, kendi acısıymış gibi üzülüyordu. Bu doğal bir yetenek, bir çeşit altıncı histi. Küçükken başka bir çocuğun canının yandığını veya azarlandığını gördüğünde o da ağlamaya başlıyordu. Televizyonda bir röportaj, hatta çizgi film izlerken bile ağladığı zamanlar oluyordu. Sarah bazen bu durumdan endişe ediyordu. Bunca büyük sevinçlere ve üzüntülere yol açan bu hassasiyetle ne yapacaktı? Kızını uyarabilmeyi; ona, "Kendini koru, zırhla kapla, hayat zor, dünya acımasız... Seni yaralamalarına, yıpratmalarına izin verme; sen de onlar gibi umursamaz ve sarsılmaz ol," diyebilmeyi çok isterdi.

"Benim gibi ol," diyebilmeyi...

Gelgelelim kızının hassas bir ruhu olduğunu biliyordu ve bu gerçeği kabul etmesi gerekiyordu. Hayır, ona bunu söyleyemezdi. Hannah on iki yaşındaydı; kanser kelimesinin ne anlama geldiğini, özellikle de kolay kazanılacak bir savaş olmadığını hemen anlardı. Sarah kızına hastalığının yükünü ve kaygısını taşıtmak istemiyordu.

Elbette çocuklarına sonsuza kadar yalan söyleyemezdi. Bir gün mutlaka soracaklardı. O gün geldiğinde onlara her şeyi anlatması, açıklaması gerekecekti. Sarah ne kadar geç olursa o kadar iyi olacağını düşünüyordu. Belki sadece zaman kazanmaya çalışıyordu ancak bu önemli değildi. Sonuçta bu da onun olayları ele alma biçimiydi.

Babasına ve erkek kardeşine de bu konuda tek kelime etmemişti. Yirmi yıl önce annesini de aynı hastalıktan kaybetmişlerdi. Bir kere daha aynı zorlukları, aynı duygusal iniş çıkışları, umutları, hayal kırıklıklarını, hastalığın kaybolup yeniden nüksedişini yaşasınlar istemiyordu çünkü bütün bunların ne anlama geldiğini çok iyi biliyordu. Tek başına savaşacaktı, sessizce... Bunu yapacak güçte olduğuna inanıyordu.

Hukuk bürosunda kimse hiçbir şey fark etmemişti. Sarah izinden döndüğü gün bir tek Inés yorgun göründüğünü, yüzünün solgun olduğunu söylemişti. Neyse ki mevsim kış olduğundan kat kat gömleklerin, kazakların, mantoların altındaki bedenler pek belli olmuyordu. Sarah dekolte giysiler giymemeye özen gösterip eskisinden biraz daha fazla makyaj yaparak işi hallediyordu. Ajandası için dahiyane bir şifre sistemi icat etmişti: Hastanedeki seanslar için "H ile randevu", her zaman öğle tatiline denk getirdiği testler, kan örnekleri ve röntgenler için ise "R ile öğle yemeği" şifresini kullanıyordu. Böyle giderse iş arkadaşları, sonunda bir sevgilisi olduğunu düşünmeye başlayacaktı. Aslında bu fikir hoşuna gitmiyor değildi. Bazı günler öğle tatilinde bir erkekle buluşmaya gittiğini hayal ediyordu. Deniz kenarındaki bir şehirde, yalnız bir erkek... Hoş olurdu doğrusu. Ancak bu hayali uzun sürmüyordu zira kaçınılmaz olarak gerçeğe, hastaneye, tedavilere, kontrollere geri dönmesi gerekiyordu. Genç asistanlar ekibinde herkes bu konuyu konuşuyordu: "Bugün yine çıktı...", "Dün öğleden sonra bir ara yok oldu...", "Telefonunu kapatıyor, evet..." Sarah Cohen'in hukuk bürosu dışında bir hayatı da mı vardı yani? Bazen sabahın erken bir saatinde, bazen öğlenleri, bazen de öğleden sonraları buluştuğu kişi kimdi? İş yerinden biri miydi? Ya da ortaklardan biri? Inés evli bir erkek olduğundan şüpheleniyordu, bir başkası ise Sarah'nın buluştuğu kişinin bir kadın olduğuna inanıyordu. Öyle olmasa neden bu kadar çok önlem alsındı? Sarah kendinden son derece emin bir biçimde hukuk bürosu ile hastane arasındaki gidiş gelişlerine devam ediyordu. Planı gayet iyi işliyordu.

En azından şimdilik.

Ancak tıpkı cinayet romanlarında katili ele veren o küçük detay gibi, Sarah'yı da böyle bir detay ele verecekti. Inés'in annesi hastaydı. Sarah'nın bunu bilmesi gerekirdi. İyice düşünecek olsa aslında bunu çok uzun zaman önce, geçen yıl öğrendiğini hatırlayabilirdi. O zaman Inés'e annesinin hastalığı için üzgün olduğunu söylemiş, ancak konu bir daha açılmadığından bu bilgi, fazlasıyla meşgul beyninin kıvrımları arasında kaybolup gitmişti. Eğer ara sıra kahve makinesinin önünde takılsa, koridorlarda dolaşsa veya öğle yemeklerini iş arkadaşlarıyla yese –ki asla yapmıyordu– son durumu biliyor olurdu. Ama iştekilerle olan ilişkisi asgari ve mesleki düzeyden öte gitmiyordu. Nedeni ne küçümseme ne de husumetti; sadece bu tür şeyler için müsait değildi, ayıracak zamanı yoktu. Sarah özel hayatı hakkında hiçbir şey anlatmadığı gibi diğerlerinin de özel hayatıyla ilgilenmiyordu. Herkesin gizli bahçesi kendisine aitti. Belki başka bir hayatta, başka bir bağlamda iş arkadaşlarıyla ilişki kurabilir hatta dost dahi olabilirdi. Ne var ki bu hayatta iş dışında bir şeye yer yoktu. Sarah onlara daima nazik davranıyor ancak asla samimi olmuyordu.

Bu konuda Inés de tıpkı onun gibiydi. Asla özelinden bahsetmiyor, hayatı hakkında konuşmuyordu. Sarah bu özelliğini çok takdir ediyordu. Bu genç avukatta kendisinin mesleğe yeni başladığı zamanlardaki hâlini görüyordu. Sarah onu, hukuk asistanlarını seçmek amacıyla düzenlenen iş görüşmeleri sırasında bizzat işe almıştı ve Inés son derece dakik, çalışkan ve iş bitirici çıkmıştı. Ekibindeki en parlak çalışandı. Sarah bir gün ona, eğer elinden geleni yaparsa çok yükselebileceğini bile söylemişti.

Sonuç olarak bu şartlarda Inés'in tam da o gün annesini kontrol için hastaneye götüreceğini nereden bilebilirdi?

Sarah ajandasına "H ile randevu" yazmıştı. H; ne bir erkek ne muhasebe servisinde çalışan Henry, ne de diğer ekipteki o ünlü Amerikalı aktöre benzeyen genç ve yakışıklı hukuk asistanı Herbert'ti. H maalesef Hollywood ile hiçbir alakası olmayan, Sarah'nın onkoloğu Doktor Haddad'dı.

Geçen hafta Inés istisnai olarak bir günlük izin istediğinde Sarah izin vermiş ve bu bilgiyi kafasının bir kenarına not ettikten sonra unutup gitmişti. Aşırı yorgunluk yüzünden olsa gerek, son zamanlarda bazı şeyleri unutmaya başlamıştı.

Birazdan üniversite hastanesinin onkoloji bölümünün bekleme salonunda karşılaşacaklardı. İkisinin de yüzünde aynı şaşkın ifade belirecekti. Sarah'nın dili tutulacaktı. Inés kendini toparlamaya çalışarak onu annesiyle tanıştıracaktı.

"Yanında asistan olarak çalıştığım hukuk bürosu ortaklarından Sarah Cohen..."

"Çok memnun oldum, hanımefendi."

Sarah kibarlığını koruyarak şaşkınlığını belli etmemeye çalışacak, Inés de patronunun hafta içi bir öğleden sonra, kolunun altında röntgenlerle burada, onkoloji servisinin koridorunda ne aradığını hemen anlayacaktı ve bir anda her şey yerle bir olacaktı. İlişki, evli erkek, baş başa öğle yemekleri, gizli randevular, öğleden sonra kaçamakları... Sarah'nın maskesi düşecekti.

Sarah durumu kurtarmak için beyhude bir çabayla bir arkadaşını ziyarete geldiğini ve yolunu şaşırdığını söyledi. Ancak Inés'in buna inanmadığını da biliyordu. Parçaları birleştirmesi zor olmayacaktı. Geçen ay aldığı ve herkesi şaşırtan on beş günlük izin, bir süredir tekrarlanan büro dışı randevular, solgun yüzü, zayıflığı, mahkemede bayılması... Bütün bu işaretlerin her biri birer delildi.

Sarah birden yok olmak, parçalarına ayrılmak, ikizlerin çok sevdikleri o olağanüstü güçleri olan süper kahramanlar gibi oradan uçup gitmek istedi. Ancak bunun için çok geçti. Suçüstü yakalanmış gibi asistanının önünde böyle titrediği için çok aptal hissetti. Sonuçta cinayet işlememiş, kansere yakalanmıştı. Hem sonra Inés'e hesap verecek de değildi. Ona ya da bir başkasına verecek hiçbir hesabı yoktu.

Aralarında doğan rahatsız edici sessizliği bir an önce bozmak isteyen Sarah; Inés ve annesini selamlayarak, öz güvenli bir biçimde atmaya çalıştığı adımlarla yanlarından uzaklaştı. Taksiye binerken içini kemiren tek bir soru vardı: Inés bu bilgiyle ne yapacaktı? Herkese yayacak mıydı? Sarah bir an geri dönmeyi, koridorda onu yakalayıp kimseye söylememesi için yalvarmayı geçirdi içinden. Ancak bunu yapamazdı. Yapacak olursa zayıflığını kabul etmiş; Inés'e sahip olmadığı bir güç, kendisine karşı bir üstünlük vermiş olurdu.

Sonuçta çok farklı bir strateji izlemeye karar verdi. Ertesi gün büroya gittiğinde onunla konuşacak ve hâlihazırda hem avukatlık bürosunun en önemli müşterisi hem de elindeki en sıcak dava olan Bilgouvar dosyasında kendisine yardımcı olmasını teklif edecekti. Genç asistanı hiç ummadığı böyle bir fırsatı kesinlikle reddedemezdi. Gururu okşanacak, Sarah'ya karşı borçlu hissedecek; dahası, ona bağımlı olacaktı. Sarah bunun Inés'in sessizliğini satın almanın ve sadakatini garantilemenin en ustaca yolu olduğunu düşündü. Inés hırslı bir çalışandı, çenesini sıkı tutması ve ortağının şimşeklerini üzerine çekmemesi gerektiğini anlardı.

Sarah geliştirdiği plan sayesinde içi rahat bir şekilde hastaneden ayrıldı. Neredeyse mükemmel bir plandı bu.

Ancak meslekteki onca yıllık tecrübesinden öğrendiği bir şeyi unutmuş görünüyordu: Eğer köpekbalıklarının arasında yüzüyorsanız kanamamanızda fayda vardı.

Tıpkı sessizce büyüyen bir orman gibi
Eserim usulca ilerliyor.
Zor iş benimki
Bulandırılmaya gelmeyen bir iş.

Atölyemde bir başıma çalışıyor olsam da
Kendimi yalnız hissetmiyorum asla.

Bazen parmaklarım tek başına tuhaf balelerini icra ederken
Ben hayallere dalıyorum;
Yaşamayacağım hayatların,
Asla çıkamadığım seyahatlerin,
Hiç görmediğim yüzlerin hayalini kuruyorum.

Zincirin bir halkasıyım sadece,
Önemsiz bir halka.
Ama olsun
Hayatımın burada,
Önümde gerili duran bu üç ipte,
Parmaklarımın ucunda dans eden
Bu saçlarda olduğunu hissediyorum.

Smita

Badlapur köyü, Uttar Pradeş, Hindistan

Nagarajan nihayet uyumuştu. Yanında uzanmış yatan Smita nefesini tutmuş bekliyordu. Uykusunun ilk saati hep huzursuzdu, uyanmasını istemiyorsa beklemesi gerekirdi.

Smita kararını vermişti. Bu gece gidecekti. Aslında buna ondan çok, hayat karar vermişti. Planını bu kadar erken uygulamaya koyacağını düşünmemişti ancak beklediği fırsat, âdeta ilahi bir hediye gibi gökten zembille inmişti. Brahmanın karısı bu sabah dişindeki apse yüzünden köyün doktorunu görmeye gitmişti. Hela olarak kullandıkları leş kokulu deliği boşaltırken kadının evden çıktığını gören Smita, birkaç saniye içinde kararını vermişti. Bir daha böyle bir fırsat eline geçmezdi. Etrafı kolaçan ettikten sonra, usulca mutfağın bitişiğindeki kilere girip Brahman ile karısının birikimlerini altına sakladıkları pirinç küpünü kaldırmıştı. Smita kendi kendine bunun hırsızlık sayılmayacağını, sadece kendi parasını geri alarak adaleti yerine getirdiğini söylemişti. Brahmana ödedikleri para dışında tek bir rupi dahi almamıştı. Ne kadar zengin olursa olsun, birinden tek kuruş fazla para almak Smita'nın prensiplerine aykırıydı, aksi takdirde Vishnu'nun gazabını üzerine çekeceğinden emindi. Smita hırsız değildi, tek bir yumurta çalmaktansa açlıktan ölmeyi tercih ederdi.

Parayı *sari*'sinin altına saklayıp hemen evinin yolunu tuttu. Aceleyle birkaç parça eşyasını topladı. Yanına en elzem eşyaları dışında bir şey almayacaktı. Zaten o da Lalita da çok çelimsiz olduklarından fazla yük taşıyamazlardı. Birkaç parça giysi ve yol için biraz yiyecek yeterdi. Nagarajan gündüz tarladayken aceleyle biraz pilav ve *papadum** pişirmişti. Smita, Nagarajan'ın gitmelerine engel olacağından emindi. Planından bir daha söz etmemiş olsalar da onun bu konudaki fikrini gayet iyi biliyordu. Planını uygulamak için geceyi beklemekten başka seçeneği yoktu. O zamana kadar Brahmanın karısının hiçbir şey fark etmemesi için dua ediyordu. Çünkü paranın kaybolduğunu fark ettiği an Smita'nın hayatı tehlikeye girecekti.

Vishnu'ya ithaf ettiği küçük sunağın önünde diz çöküp onları koruması için dua etti. Çıkacakları uzun yolculukta, Chennai'ye kadar kâh yürüyerek kâh otobüs ve trenle gidecekleri iki bin kilometrelik yol boyunca kızına ve kendisine göz kulak olmasını istedi. Bu son derece yorucu, tehlikeli ve sonu belirsiz bir yolculuk olacaktı. Smita birden bütün bedenini kaplayan bir sıcaklık hissetti; sanki o an artık yalnız değildi, sanki milyonlarca Dokunulmaz burada, bu küçük sunağın önünde diz çökmüş hep birlikte dua ediyorlardı. O an Vishnu'ya bir söz verdi: Eğer kaçmayı başarırlarsa, eğer Brahmanın karısı bir şey fark etmezse, eğer Jatiler onları yakalamazsa, eğer Varanasi'ye kadar giderlerse, eğer bir trene binerlerse ve eğer sağ salim güneye inerlerse Tirupati Tapınağı'na gidip ona adak adayacaktı... Smita, Chennai'ye iki

* Fasulye unu ile yapılan bir çeşit lavaş. *(e.n.)*

yüz kilometre uzaklıktaki Tirumala Dağı'nın tepesindeki bu efsanevi tapınağın dünyanın en büyük hac merkezi olduğunu duymuştu. Vishnu'nun çok tapınılan sayısız tezahürlerinden biri olan Dağın Efendisi Sri Venkateswara'ya adaklar adamak için her yıl milyonlarca insanın tapınağa geldiği söyleniyordu. Smita bu koruyucu Tanrı'nın, Tanrı'sının onları yüzüstü bırakmayacağını biliyordu. Önünde dua ettiği dört kollu Tanrı'nın kenarları kıvrılmış renkli resmini eline alıp *sari*'sinin altına sakladı, çünkü yanına alırsa başına hiçbir kötülük gelmezdi. Birden omuzlarına görünmez bir mantonun indiğini ve onu bütün tehlikelerden korumak için sarıp sarmaladığını hissetti. Bu koruma mantosunun altında Smita artık yenilmezdi.

Bütün köy karanlığa gömülmüş, nefesi daha düzenli bir hâl alan Nagarajan hafif hafif horlamaya başlamıştı. Bu, gümbür gümbür bir horlamadan ziyade annesinin koynuna sığınmış yavru bir kaplanın mırıltısına benziyordu. Smita kalbinin sıkıştığını hissetti. Kocasını sevmiş, hayatındaki güven verici varlığına alışmıştı. Diğer yandan, bu kadar cesaretsiz olduğu için, yaşamlarını o acı kaderciliğine mahkûm ettiği için ona çok kızıyordu. Smita kocasıyla birlikte gitmeyi çok istemişti ama savaşmayı reddettiği an Nagarajan'a olan bütün sevgisi de bitmişti. Sevgi kuş misaliydi; bazen bir kanat çırpışıyla geldiği gibi, yine bir kanat çırpışıyla gidiyordu.

Smita üzerindeki örtüyü itip doğrulunca bir an başının döndüğünü hissetti. Bu yolculuğa çıkmak çılgınlık değil miydi? Bu kadar isyankâr, bu kadar asi olmasaydı, karnındaki o kelebek sürekli kanat çırpıp durmasaydı o da vazgeçebilir; tıpkı Nagarajan ve diğer Dalit kardeşleri gibi kaderine razı olup otururdu. Sıcak yatağında yatıp rüyasız bir uyuklama hâli içinde sabahı bekleyebilirdi, tıpkı ölümü bekler gibi.

Ne var ki artık vazgeçemezdi. Brahmanın evindeki küpün altından parayı almıştı, artık bu işin geri dönüşü yoktu. Gözünü karartıp onları buralardan çok uzağa –belki de hiçbir yere– götürecek bu yolculuğa atılmaktan başka seçeneği yoktu. Smita ölmekten veya acı çekmekten korkmuyordu. Ancak Lalita'nın başına gelebileceklerden çok korkuyordu.

İçini rahatlatmak amacıyla, "Benim kızım güçlüdür," dedi kendi kendine. Bunu daha Lalita dünyaya gözünü açtığı gün, doğumdan sonra onu muayene eden köy ebesinin elini dişsiz ağzıyla ısırmaya çalıştığında anlamıştı. Ebe kahkahalarla gülmüş ve onun çok karakterli bir kız olacağını söylemişti. Sonra, altı yaşındaki bu küçük Dalit bacak kadar boyuyla Brahmana karşı gelmişti. Sınıfın ortasında öğretmenin gözünün içine baka baka, "Hayır!" demişti. Cesaret sahibi olmak için yüksek tabakadan olmak gerekmiyordu. Bunu düşününce Smita daha da güçlü hissetti. Hayır, Lalita'yı dışkı balçığına mahkûm etmeyecekti, onu bu lanet olası *dharma*'ya kurban vermeyecekti.

Usulca, uyuyan kızının yanına yaklaştı. Çocukların uykusunun bir mucize olduğunu geçirdi içinden. Lalita o kadar huzur içinde uyuyordu ki böleceği için suçluluk duydu. Gevşemiş yüz hatları son derece uyumlu ve güzeldi. Uyurken, olduğundan daha da küçük görünüyor, neredeyse bir bebeği andırıyordu. Smita evden kaçmak için kızını gecenin bir yarısı uyandırmayı hiç istemezdi. Annesinin planından habersiz olan çocuk, bu akşam babasını son defa gördüğünü bilmiyordu. Smita onun bu masumiyetine gıpta ediyordu. Kendisi çok uzun zamandır kaçışı uykuda bulamaz olmuştu. Geceler ona dipsiz bir uçurumdan ve temizlediği balçık kadar kara rüyalardan başka bir şey sunmuyordu artık. Kim bilir, belki de gidecekleri yerde her şey daha farklı olurdu?

Lalita, beşinci yaş günü hediyesi olarak aldıkları, yegâne bebeğine sarılmış yatıyordu. Başında kırmızı bandanasıyla "Haydutlar Kraliçesi" Phoolan Devi'nin bebeğiydi bu. Smita kızına sık sık; alt kasta mensup, on bir yaşında zorla evlendirilmiş ve kaderine baş kaldırmasıyla nam salmış bu kadının hikâyesini anlatıyordu. Başında bulunduğu haydut çetesiyle birlikte mazlumları savunuyor, topraklarında çalıştırdıkları alt kasta mensup kızlara tecavüz eden zengin toprak sahiplerine karşı savaşıyordu. Zenginden alıp fakire veren bir halk kahramanıydı. Bazılarına göre Savaş Tanrıçası Dourga'nın bir tezahürüydü. "Haydutlar Kraliçesi" tam kırk sekiz cinayetle suçlanmış, yakalanıp hapse atılmıştı. Serbest bırakıldıktan sonra parlamentoya seçilmiş ve bir gün, maskeli üç adam tarafından sokak ortasında öldürülmüştü. Hemen hemen her pazar yerinde satılan bu bebeği buralarda yaşayan bütün kız çocukları gibi Lalita da çok seviyordu.

"Lalita."

"Uyan."

"Kalk!"

Çocuk sadece kendine ait olan o tatlı rüyasından uyanıp uykulu gözlerle annesine baktı.

"Gürültü etme."

"Giyin."

"Acele et."

Smita giyinmesine yardım etti. Sesini çıkarmadan itaat eden çocuk, endişeli gözlerle annesinin yüzüne baktı. Gecenin bir yarısı ne yapıyordu böyle?

Smita, "Sana bir sürprizim var," diye fısıldadı.

Kızına geri dönmemek üzere gittiklerini söylemeye cesareti yoktu. Daha iyi bir yaşam için dönüşü olmayan, tek yönlü bir biletti bu. Smita kendine söz vermişti, bir daha asla bu küçük Badlapur köyünün cehennemine dönmeyecekti. Lalita bunu anlamayacaktı; büyük ihtimalle ağlayacak, hatta belki karşı gelecekti. Smita planını riske atamazdı. O yüzden kızına yalan söyledi. İçini rahatlatmak için, "Küçücük bir yalandan bir şey olmaz," diye düşündü; sadece gerçeği biraz allayıp pullamıştı o kadar.

Yola koyulmadan önce Nagarajan'a son bir defa baktı, aslanı huzur içinde uyuyordu. Yatağın boş kalan yerine bir kâğıt parçası bıraktı. Bir veda mektubu değildi bu, Smita yazmayı bilmiyordu. Sadece kuzenlerinin Chennai'deki adreslerini kopya etmişti. Gidişlerinin Nagarajan'a bugün sahip olmadığı cesareti vermesini umuyordu. Belki peşlerinden gitme cesaretini kendinde bulurdu. Kim bilir?

Kulübeye, neredeyse hiçbir pişmanlık duymadan terk ettiği bu hayata son bir kez baktıktan sonra, kızının buz gibi soğuk elini tutup karanlık kırlara doğru yola koyuldu.

Giulia

Palermo, Sicilya

Giulia'nın aklına her şey gelirdi de bu asla gelmezdi.

Çekmeceden çıkanlar önünde, babasının masasının üzerinde duruyordu. İcra mektupları, ödeme emirleri, ardı arkası kesilmeyen iadeli taahhütlü mektuplar... Gerçek, Giulia'nın yüzüne bir tokat gibi indi ve bu gerçeğin tek bir adı vardı: iflas! Atölye tamamen borç batağındaydı, Lanfredi atölyesi iflasın eşiğindeydi.

Babası bu konuda bir şey söylememiş, bundan kimseye bahsetmemişti. Şimdi düşününce; babasının bir kere, tek bir kere bir sohbet sırasında *cascatura* geleneğinin kaybolduğunu ima ettiğini hatırlıyordu. Modern hayatın zorluklarıyla boğuşan Sicilyalıların artık saçlarını saklamadıklarını söylemişti. Bugün artık kimsenin hiçbir şeyi saklamadığı bir gerçekti, insanlar eskiyen her şeyi atıp yerine yenisini alıyorlardı. Bütün ailenin bir araya geldiği o yemek esnasında yaptıkları sohbeti hatırlıyordu: Babası yakın bir gelecekte ham madde sıkıntısı çekeceklerini söylemişti. Altmışlı yıllarda Palermo şehrinde Lanfredi atölyesi dışında faaliyet gösteren on beş atölye daha vardı. Ancak zamanla hepsi kapanmıştı. Babasının, hâlâ faaliyette olan tek atölye olduklarını söylerken nasıl da böbürlendiğini hatırlıyordu. Giulia atölyenin ara sıra sıkıntılı dönemlerden geçtiğini bilse de iflas etmek üzere olduklarını asla tahmin etmezdi. Böyle bir şeye ihtimal dahi vermemişti.

Ne var ki gerçeği kabullenmesi gerekiyordu. Önünde duran hesaplara bakılırsa en fazla bir aylık işleri kalmıştı. Saç bulamazlarsa işçilerin maaşlarını ödeyemeyeceklerdi, bütün çalışanlar işsiz kalacak ve atölyenin iflasını ilan edip kapısına kilit vurmak gerekecekti.

Giulia bu düşünceyle yıkıldı. Yıllardır bütün ailesinin tek geçim kaynağı bu atölyeydi. Çalışmak için fazla yaşlı olan annesini ve henüz lise öğrencisi olan Adela'yı düşündü. Bütün parasını kumarda harcayan cebi deliğin tekiyle evli olan ablası Francesca, ev kadınıydı. Çoğu zaman ay sonunu getirebilmek için babasının desteğine ihtiyaç duyuyorlardı. Oturdukları ev ipotekliydi, böyle giderse ellerinde avuçlarında kalan ne varsa alınacaktı. Peki sonra ne olacaktı? Ayrıca çalıştıkları sektör sadece belli bir konuda uzmanlık kazandırmıştı ve işsiz kalan çalışanları Sicilya'da işe alabilecek başka bir atölye de yoktu. Yıllardır her şeyini paylaştığı ve kardeş kadar yakın hissettiği o kadınlar ne yapacaklardı?

Hastanede komada yatan babasını düşündü. Olduğu yerde donakaldı. Aklında korkunç bir sahne belirdi: Babasını o sabah Vespa'nın üzerinde günlük turuna giderken hayal etti. Onu köşeye sıkışmış, çaresizlik içindeki ruh hâliyle, dik ve dolambaçlı yolda hızını artırıp son sürat giderken gözünde canlandırdı. Sonra, hemen bu lanet düşünceyi aklından kovdu. Hayır, babası bunu yapmış olamazdı; karısını, kızlarını, işçilerini iflasın eşiğinde yüzüstü bırakıp gitmezdi. Alfred Lanfredi onuruna çok düşkün bir adamdı ve onun kitabında dertlerden kaçmak yoktu. Diğer yandan, Giulia babasının bütün başarısının, gurur kaynağının, hayatının özünün; büyükbabasının kurduğu ve kendisinden önce de babasının yönettiği Palermo'daki bu küçük atölye olduğunu biliyordu. İşçilerini işten çıkarmaya, atölyeyi tasfiye etmeye, bütün çabalarının yok olduğunu görmeye dayanabilir miydi? İşte o an içini, tıpkı yaralı bir uzvu saran kangren gibi, zalim bir kuşku kapladı.

Giulia, "Gemi batıyor!" diye düşündü. Ve hepsi o geminin içindeydi; kendisi, annesi, kız kardeşleri, çalışanları. Tıpkı *Costa Concordia** gibi, kaptan gemiyi terk etmişti. Kalanlar hep beraber boğulacaklardı. Üstelik onların gemisinde tek bir filika, tek bir can simidi bile yoktu. Canlarını kurtarmak için asılabilecekleri hiçbir şey yoktu.

Büyük salondan gelen konuşmaları duyunca, daldığı düşüncelerden çıktı. İşçiler her sabah olduğu gibi yine havadan sudan sohbet ederek yerlerine geçiyordu. Giulia bir an onların bu neşeli hâllerine gıpta etti. Başlarına geleceklerden henüz haberleri yoktu. Çekmeceyi âdeta bir tabut gibi, ağır hareketlerle kapatıp kilitledi. Bugün içinden işçilerle konuşmak gelmiyordu; onlara yalan söylemeyi ise hiç istemiyordu. Yanlarına gidip hiçbir şey olmamış gibi çalışamazdı. O yüzden yukarıya, çatıdaki laboratuvara sığındı. Babasının yaptığı gibi yüzünü denize dönerek oturdu. Bazı günler babasının burada saatlerce oturup denizi seyrettiği oluyordu. Bu manzaradan hayatının sonuna kadar bıkmayacağını söylüyordu. Giulia bugün çatıda yalnızdı ve üzüntüsü denizin umurunda olmadı.

Öğle tatilinde her zamanki gibi Kamal ile buluştukları mağaraya gitti. Ona kaygılarından bahsetmedi. Adamın teninde üzüntüsünü biraz olsun unutmayı ümit ediyordu. Sevişmeleri boyunca dünya Giulia'nın gözüne daha az acımasız göründü. Kamal ağladığını görünce bir şey sormadı. Sadece dudaklarından öpmekle yetindi. Öpüşmeleri tuzlu su tadındaydı.

---

* İtalyan yolcu gemisi Costa Concordia'nın, 2012 yılında kayalıklara çarparak batması sonucu otuz iki kişi hayatını kaybetmiş ve kaptanı gemiyi yolculardan önce terk ettiği için suçlanmıştır. *(e.n.)*

Giulia akşam eve döner dönmez baş ağrısı bahanesiyle odasına çıktı ve hemen yorganın altına girdi.

Sabaha kadar kâbus gördü. Babasının atölyesinin dağıldığını, evlerini boşaltıp sattıklarını, annesinin dehşet içindeki yüzünü, sokakta kalan işçileri; sağa sola saçılmış, denize atılmış saç tutamlarını, çılgın dalgalarla inip çıkan saç denizini... Giulia bütün gece yattığı yerde bir sağa bir sola dönüp durdu. Düşünmek istemiyordu ancak bir türlü uyanamadığı zorlu bir rüya, durmadan aynı korkunç müziği çalan bozuk bir plak gibi, aynı görüntülerle gözünün önünde sahneleniyordu. Nihayet karanlığı yararak doğmaya başlayan güneş, bu işkenceye bir son verdi. Yataktan, başında korkunç bir ağrı ve mide bulantısıyla çıktı. Bütün gece hiç uyumamış gibiydi. Ayakları buz gibi soğuktu ve kulakları uğulduyordu.

Sendeleyerek banyoya gitti. Sıcak –yahut buz gibi soğuk– suyun onu bu kâbustan çıkarıp bitkin bedenini biraz olsun canlandırmasını umuyordu. Tam küvete yöneldiği an olduğu yerde donakaldı.

Küvetin dibinde bir örümcek vardı.

Küçücük, zayıf gövdeli, dantel gibi narin bacaklı bir örümcekti bu. Kanalizasyon borularından yukarı tırmanmış ve burada, bu emaye küvetin içinde, hiçbir çıkışı bulunmayan bu bembeyaz sonsuzlukta hapsolmuştu. İlk başta kurtulmaya çabalamış, küvetin soğuk duvarına tırmanmaya çalışmış, ancak cılız bacaklarıyla yüzeye tutunmayı başaramayıp kayarak aşağı yuvarlanmış olmalıydı. Şimdi nihayet savaşmanın gereksiz olduğunu anlamıştı ve küvetin dibinde kıpırdamadan durarak başına gelecekleri veya başka bir çıkış yolunu bekliyordu. Ama hangisini?

Giulia birden ağlamaya başladı. Onu üzen şey beyaz emayenin üzerinde hapsolmuş bu kapkara örümceğin görüntüsü değildi elbette. Aslında bu tür hayvanlardan nefret ederdi;

görünce midesi bulanır, kontrol edilemez bir paniğe kapılırdı. Onun ağlamasına neden olan şey daha ziyade, bu örümcek gibi asla çıkamayacağı, kimsenin gelip kendisini kurtarmayacağı bir tuzağın içinde hapsolduğu düşüncesiydi.

İçinden, gidip yeniden yatağına sığınmayı ve bir daha da çıkmamayı geçirdi. Evet, yok olmak gayet hoş, hatta son derece çekici bir fikirdi. Bütün varlığını üzüntüyle içine alan bu devasa dalgayla nasıl başa çıkacağını bilmiyordu. Çocukken bir gün ailecek gittikleri San Vito Lo Capo plajında neredeyse boğulacağı o günü anımsadı. Genellikle gayet sakin olan deniz o gün nedense oldukça çalkantılıydı. Aniden gelen büyük bir dalgaya kapılmış, birkaç saniye boyunca dünyadan koparak köpüklerin arasında kaybolmuştu. Ağzının içine dolan kumla karışık minik çakılları dün gibi hatırlıyordu. Bir an yerde mi yoksa gökte mi olduğunu bilememiş, gerçek silinmeye başlamıştı. Akıntı onu, biri ayağından tutup çekmişçesine dibe savurmuştu. Düşme veya kaza anlarında ortaya çıkan o yarı bilinç hâli içindeyken, gerçeğin düşünmeye zaman bırakmadığı o saniyelerde bir daha asla yüzeye çıkamayacağını sanmıştı. Tam sonunun geldiğini düşünüp kaderine razı olmaya başladığı an, babasının onu yakalayıp yukarı doğru çeken elini hissetmişti. Kendine geldiğinde büyük bir şaşkınlık ve şok içindeydi. Yaşıyordu!

Ancak maalesef bu seferki dalgadan kurtulamayacaktı.

Giulia kaderin, tıpkı İtalya'nın kalbini art arda vuran şu deprem gibi, Lanfredi ailesinin de yakasını bırakmadığını düşündü.

Babasının kazası zaten bütün aileye büyük bir darbe vurmuştu. Atölyenin kapanması ise ölümleri olacaktı.

Sarah

Montreal, Kanada

Sarah ofiste bir şeylerin değiştiğini hissetmişti. Her ne kadar belli belirsiz, tanımlanması zor, varla yok arası bir durum olsa da bir şeyler değişmişti.

Her şey; iş arkadaşlarının kaçamak bakışlarıyla, selamlaşırken hafifçe seslerini alçaltmalarıyla, fazla ısrarlı bir biçimde hâl hatır sormalarıyla veya hiçbir şey sormamaya özen göstermeleriyle başlamıştı. Ardından, çekingen tavırları ve tuhaf bakışları gelmişti. Kimileri onunla konuşurken yüzüne zoraki bir gülümseme yerleştiriyor, kimisi de göz göze gelmemeye çalışıyordu. Kısacası kimse doğal davranmıyordu.

Başlarda Sarah herkese birdenbire ne olduğunu merak etti. Kıyafetinde uygunsuz bir şeyler, atladığı bir detay olabilir miydi? Her zamanki gibi iki dirhem bir çekirdek giyinmeye devam ediyordu. Bir gün okula elinde çöp torbasıyla gelen ilkokul öğretmenini hatırladı. Öğretmeni gelirken çöp yerine el çantasını çöp kutusuna attığını, gayet doğal bir biçimde torbayı masasının üzerine bıraktığında fark etmişti. Çocuklar, yol boyu hiçbir şeyin farkına varmadan okula kadar gelen öğretmenlerine çok gülmüştü.

Ancak bugün Sarah'nın kıyafeti kusursuzdu. Evden çıkmadan önce aynanın karşısına geçip kıyafetini alıcı bir gözle incelemişti. Yorgun hatları ve gizlemeyi başardığı zayıflığı hariç, hastalığı dışarıdan kesinlikle belli olmuyordu. Öyleyse bu hiç alışkın olmadığı çekingenliğin sebebi ne olabilirdi? İş yerindekilerle birkaç gündür sinsice arasına giren tuhaf mesafenin kendisinden kaynaklanmadığından emindi.

Nihayet bir gün sekreterin ağzından kaçırdığı tek bir kelime, o küçücük kelime, Sarah'nın olan biteni anlamasına yetmişti.

"Üzgünüm," demişti hüzünlü bakışlarla. Bir an, kısacık bir an Sarah neden bahsettiğini merak etmişti. Bir felaket olmuş ya da bir suikast yapılmıştı da haberi mi yoktu? Beklenmedik bir fırtına, bir kaza, bir ölüm mü meydana gelmişti? Sekreterin kendisinden bahsettiğini anlaması uzun sürmemişti. Evet; afetzede olan, yaralı olan, yasta olan oydu.

Sarah'nın ağzı beş karış açık kalmıştı. Sekreter bildiğine göre diğerleri de biliyor olmalıydı.

Inés konuşmuştu! Ona haber vermeden aralarındaki anlaşmayı tek taraflı olarak bozmuştu! Sırrını ele vermişti! Haber hukuk bürosunda tıpkı ateş almış barut hızıyla yayılarak koridorlar boyunca ilerlemiş, bütün odaları sarmış; toplantı salonlarından, kafeteryadan geçmiş ve nihayet en üst kata, hiyerarşinin zirvesindeki Johnson'a kadar ulaşmıştı!

Sarah'nın onca güvendiği Inés, Sarah'nın bizzat seçip işe aldığı Inés, her sabah yüzüne gülen Inés; bütün dosyalarını paylaştığı, kol kanat gerdiği Inés, evet, o Inés kendisini alçakça sırtından bıçaklamıştı!

Sen de mi Brütüs?..

Üstelik Inés sırrını en olmayacak kişiye anlatmıştı. Avukatlık bürosundaki ortakların en kıskancı, en hırslısı, en kadın düşmanı olan ve daha ilk günden beri Sarah'ya karşı büyük bir nefret duyan Gary Curst'e! Hain Inés kendini savunmak için yüzünde sahte bir üzüntü ifadesiyle bunu *hukuk bürosunun iyiliği için* yaptığını söyledikten sonra, "Üzgünüm," diye eklemeyi de ihmal etmeyecekti. Sarah, onun pişmanlık numaralarına bir an olsun inanmamıştı. Baştan beri ona güvenmekle hata etmişti. Inés çok kurnaz bir kadındı; daima güçlüden taraf olan, alışılagelmiş tabirle "politik" olarak adlandırılan o yanardöner tiplerden biriydi. Belden aşağı vurmayı çok iyi biliyordu. Sarah'nın bir gün ona söylediği gibi, *elinden geleni yaparsa* Inés bu işte çok yükselecekti.

Vicdanı el vermediğinden Curst'e gidip hukuk bürosunun geleceği için büyük finansal öneme sahip Bilgouvar dosyasında Sarah'nın *birtakım hatalar* yaptığını söylemişti. Ne var ki *yaşadıklarını* göz önüne alınca bu hatalar için *Sarah'ı kınamak* imkânsızdı elbette.

Sarah işinde tek bir hata yapmamıştı. Kuşkusuz; tedaviye başladığından beri konsantre olmakta zorlandığı, dikkatini uzun süre koruyamadığı, bazen bir detayı veya bir ismi unuttuğu, konuşurken bir kelimeyi hatırlamakta zorluk çektiği oluyordu ancak bütün bunlar kesinlikle işinin kalitesini etkileyen şeyler değildi. Bugüne kadar tek bir randevuyu, tek bir toplantıyı kaçırmamıştı. Son derece bitkin hissetmesine rağmen bunu dışarıya belli etmemek için büyük çaba sarf ediyordu. Kesinlikle en ufak bir hata, en ufak bir yanlış yapmamıştı; üstelik Inés de bunu gayet iyi biliyordu.

Öyleyse bunu ona niçin yapmıştı? Bu ihanetin nedeni neydi? Uzun bir süre sonra nihayet nedenini anladığında Sarah'nın kanı donmuştu: Onun yerinde gözü vardı! Ortak statüsüne gelmek istiyordu. Normalde hukuk bürosunda terfi alma fırsatı pek yoktu çünkü asistan avukatların yükselmesine kolay kolay izin verilmiyordu. Dolayısıyla zayıf pozisyondaki bir ortak; onlar için bir kapı, kaçırılmaz bir fırsat anlamına geliyordu.

Bu, Sarah ile Johnson'ın aralarındaki güven ilişkisini daima kıskanmış olan Curst için de bulunmaz bir fırsattı. Sarah yakında Johnson'ın onu yönetici ortak olarak atayacağından emindi. O zamana kadar yükselmesini engelleyecek bir şey olmazsa tabii... Gary Curst kendisini daha şimdiden hiyerarşinin zirvesindeki o koltukta görüyor olmalıydı. Bedene saldıran, zayıf düşüren, bir iyileşip bir nükseden, uzun soluklu, sinsi, habis bir hastalık; düşmanı etkisiz hâle getirmekte en mükemmel silahtı. Curst'ün elini kana bulamasına dahi gerek kalmayacaktı. Bu mükemmel bir cinayet olacaktı. Tıpkı satranç oyununda bir piyon düşünce diğer bütün taşların bir kare ilerlemesi gibi, burada düşen piyon da Sarah olacaktı.

Bir kelime... Yanlış bir kulağa gitmiş tek bir kelime yetmişti. Artık çok geçti.

Artık Sarah Cohen'in hasta olduğu herkes tarafından biliniyordu.

Hasta olmak; zayıf ve kırılgan olmak, dava dosyalarını boşlamak, kendini tamamen işe verememek, işten uzun süre izin almak demekti. Hasta olmak; güvenilmez olmak, itimat edilemez olmak anlamına geliyordu. Daha da kötüsü, kim bilir; belki bir ay, belki bir yıl içinde ölecek olmak anlamına... Sarah bir gün koridorda fısıltı hâlinde bu korkunç cümleyi duymuştu. Ölüm... Evet, belki de.

Hasta olmak, hamile olmaktan çok daha kötüydü. En azından hamileliğin ne zaman sona ereceği belliydi. Oysa kanser pis bir şeydi, her an nüksedebilirdi. Tıpkı Demokles'in kılıcı gibi, nereye giderseniz gidin peşinizden gelen kara bir bulut gibiydi kanser.

Sarah bir avukatın son derece parlak, son derece kabiliyetli, son derece atak olması gerektiğini; güven vermek, ikna etmek, cezbetmek zorunda olduğunu biliyordu. Johnson&Lockwood gibi büyük bir hukuk bürosunda milyonlarca dolarlık davalar söz konusuydu. Herkesin aklından geçen soruları gayet iyi tahmin edebiliyordu: Sarah'ya güvenmeye devam edebilirler miydi? Ona önemli dosyaları, yıllarca sürecek davaları verebilirler miydi? Verseler dahi, mahkeme günü geldiğinde hâlâ hayatta olacağının garantisi var mıydı? Gecelerce sabahlayabilecek, hafta sonları çalışabilecek miydi? Buna gücü olacak mıydı?

Johnson, Sarah'yı yukarıya, bürosuna çağırdı. Canı sıkkın görünüyordu. Sarah'nın durumu bizzat haber vermiş olmasını, haberi onun kendi ağzından duymuş olmayı tercih ederdi. Daima karşılıklı bir güven ilişkisi içinde olmuşlardı, neden ona bir şey söylememişti? Ses tonu Sarah'nın hiç hoşuna gitmedi, Johnson ilk kez bu ses tonuyla hitap ediyordu. Tepeden bakan havasından, takındığı sahte babacan tavrından da –ki düşününce, hep böyle davrandığını fark ediyordu– nefret etti. Söz konusu olanın kendi bedeni ve sağlığı olduğunu, bu konuda ona herhangi bir bilgi vermek zorunda olmadığını söyleyebilmek isterdi. Şu an sahip olduğu tek bir özgürlük varsa o da konuşmama, hastalığından bahsetmeme serbestisiydi. Ona, "Sahte üzüntünle canın cehenneme!" diyebilmeyi çok isterdi. Sarah, Johnson'ı asıl endişelendiren şeyin ne olduğunu gayet iyi biliyordu. Onu gerçekten endişelendiren şey Sarah'nın sağlığı, nasıl hissettiği, hatta bir yıl sonra hâlâ hayatta olup olmayacağı değil; o lanet olası dosyalarla eskisi gibi ilgilenip ilgilenemeyeceğiydi. Kısacası, işini layıkıyla becerip beceremeyeceği.

Elbette Sarah aklından geçenleri söylemedi. Her şeye rağmen sükûnetini korumayı başardı. Öz güvenli bir şekilde Johnson'ın içini rahatlatmaya çalıştı: Uzun süre izin almayacaktı, hatta bir gün bile. Hastalığına rağmen her gün ofise gelmeye, işinin başında olmaya ve aldığı dosyaları takip etmeye devam edecekti.

Kendi konuşmasını dinlerken birden mahkemede, tuhaf bir davanın içindeymiş gibi hissetti. Sanki görülmekte olan kendi davasıydı ve hâkimin karşısında savunmasını yaptığı kişi de yine kendisiydi. Ne yani! Herhangi bir suç mu işlemişti? Bir hata mı yapmıştı? Neden kendini savunması gerekiyordu?

Sarah, Johnson'ın odasından çıkarken hiçbir şeyin değişmeyeceğine inanmak istedi. Ancak bu boş bir çabaydı. En derininde Johnson'ın daha şimdiden onun davasını görmeye başladığını biliyordu.

Ve belki de Sarah'nın asıl düşmanı, düşündüğü kişi değildi.

Smita

Uttar Pradeş, Hindistan

Smita bütün köy derin bir uykudayken, minik elini avucunda sımsıkı tuttuğu kızıyla birlikte ardına bakmadan kaçıyordu. Lalita'yla konuşacak; ona hayatı boyunca bu anı, kaderlerini değiştirmeye karar verdiği an olarak hatırlayacağını açıklayacak zamanı yoktu. Jatilerin onları görmemesi, seslerini duymaması için en ufak bir gürültü çıkarmadan koşuyorlardı. Smita sabah olup da köy halkı uyanmaya başladığında bir hayli uzaklaşmış olmayı umuyordu. Kaybedecek bir saniyeleri bile yoktu.

"Acele et!"

Artık ana yola çıkmaları gerekiyordu. Smita bisikletini ve küçük bir kutuya koyduğu birkaç parça yiyeceği, yol kenarındaki bir hendeğin içindeki çalılıkların altına saklamıştı. Çalınmamış olmaları için dua etti. Bisikletle uzunca bir yol katettikten sonra, elli altı numaralı karayoluna çıkıp birkaç rupi karşılığı Varanasi'ye giden o meşhur yeşil-beyaz otobüslerden birine bineceklerdi. Son derece konforsuz olan bu otobüslerde sürücüler yol boyu *bhang*[*] ile kafa çektiklerinden

[*] İçinde esrar bulunan bir içecek. *(e.n.)*

gece yolculuk etmek emniyetli olmasa da bilet fiyatları çok ucuzdu. Kutsal şehir yaklaşık yüz kilometre mesafedeydi. Oraya varınca doğruca gara girip Chennai'ye giden trene bineceklerdi.

Gün ağarıyordu. Daha sabahın ilk saatinden itibaren kamyonlar ana yoldan gürültüyle geçmeye başlamışlardı. Lalita yaprak gibi titriyordu. Smita bugüne kadar köyden hiç uzaklaşmamış olan kızının korkusunu hissediyordu; ne de olsa yolun ötesi bilinmez olanı, dünyayı, tehlikeyi temsil ediyordu. Smita üzerine örttüğü çalıları kaldırınca bisikletinin bıraktığı yerde olduğunu gördü. Ancak yiyecek paketi biraz ileride, parçalanmış bir hâlde duruyordu. Köpekler veya fareler yapmış olmalıydı. Geriye neredeyse hiçbir şey kalmamıştı. Smita'nın yiyecek arayacak zamanı olmadığından, yola aç karınla devam etmekten başka çareleri yoktu. Birazdan pazara gidecek olan Brahmanın karısı, altından para almak için pirinç küpünü kaldıracaktı. Acaba ondan hemen şüphelenecek miydi? Kocasına haber verecek miydi? Onu aramaya başlayacaklar mıydı? Nagarajan çoktan yokluklarını fark etmiş olmalıydı. Hayır, yiyecek arayacak zamanları yoktu, bir an önce arayı açmaları gerekiyordu. Su şişesi sapasağlam kalmıştı, en azından kahvaltı niyetine su içebileceklerdi.

Smita, Lalita'yı bisikletin arkasındaki sepete oturttu. Çocuk; kollarını annesinin beline dolayıp bütün gövdesini, evleri istila eden ve çocukların pek bir sevdikleri o korkak, küçük yeşil kertenkeleler gibi sırtına yapıştırdı. Smita, Lalita'ya titrediğini belli etmemeye çalıştı. Daracık yoldaki kamyonetler, bisikleti kulakları sağır eden bir gürültüyle solluyordu. Hiçbir trafik kuralının olmadığı bu ülkede öncelik en büyük olan araca aitti. Ürken Smita düşmemek için gidona sımsıkı yapıştı. Düşerse sonları korkunç olurdu. Lucknow'u Varanasi'ye bağlayan NH56 karayoluna varmalarına az kalmıştı.

Karayoluna varınca yolun kenarına oturdular. Smita bir bezle önce kendi yüzünü, sonra da kızınınkini sildi. Üstleri başları toz içinde kalmıştı. Otobüsün gelmesini iki saat kadar beklediler. Bugün gelecek miydi acaba? Geçeceği saat belli olmuyordu, hatta geçip geçmeyeceği bile belli değildi. Nihayet göründüğünde, büyük bir kalabalık zaten dolu olan otobüsün üzerine hücum etti. Bu kargaşada binebilmek neredeyse imkânsızdı. Bazı yolcular otobüsün tepesindeki metal çubuklara tutunarak yolculuk etmek için yukarı tırmandılar. Lalita'nın elini bir an olsun bırakmayan Smita da güç bela binmeyi başardı. Dip tarafta, arka sırada ikisi için bir yarım koltuk buldu. Onlara yeter de artardı bile. Lalita'yı yerine oturtup yolun kenarında bıraktığı bisikletini almak için kalabalığı yararak kapıya doğru ilerlemeye çalıştı ancak bu hiç kolay değildi. Ayaktaki yolcular birbirlerini eziyor, bazıları öfkeyle sövüp sayıyordu. Yanında oturan kadının tavuklarına sinirlenen bir adam, ağzına geleni söylüyordu. Adamın birinin, annesinin yol kenarında duran bisikletini çaldığını gören Lalita parmağıyla camdan dışarıyı işaret ederek bağırmaya başladı. Smita'nın beti benzi attı. Hırsızın peşinden gidecek olsa otobüsü kaçıracaktı. Şoför daha şimdiden motoru çalıştırmıştı bile. İçi kan ağlayarak, satıp parasıyla yiyecek almayı düşündüğü hurda bisikletinin ardından bakıp arka koltuktaki yerine geri döndü.

Otobüs nihayet yola koyuldu. Yolculuğun tek bir anını kaçırmak istemeyen Lalita, yüzünü cama yapıştırmıştı. Küçük kız aniden bağırmaya başladı.

"Baba!"

Smita yerinden fırlayıp otobüsün arka camından dışarıya bakınca kocasının yolun ortasında durduğunu gördü. Nagarajan birden hareket eden otobüsün peşinden koşmaya başladı. Smita elinin, ayağının boşaldığını hissetti. Kocası yüzünde pişmanlık mı, çaresizlik mi, sevgi mi yoksa öfke mi olduğu anlaşılmaz bir ifadeyle arkalarından koşuyordu. Otobüs hızlanınca aralarındaki mesafe bir hayli açıldı. Cama vurarak ağlamaya başlayan Lalita annesine dönüp yalvardı.

"Anne, şoföre durmasını söyle, ne olur!"

Smita otobüsü durdurmanın mümkün olmadığını biliyordu. Kalabalığı yarıp şoförün yanına kadar gitmesi imkânsızdı. Gitse bile şoför ya otobüsü durdurmayı reddederdi ya da inmelerini isterdi. Smita böyle bir riski göze alamazdı. Silüeti gittikçe küçülmeye başlamış, neredeyse nokta kadar kalmış olmasına rağmen Nagarajan, beyhude koşusunu sürdürüyordu. Lalita ise hıçkıra hıçkıra ağlamaya devam ediyordu. Babası artık tamamen görünmez olmuştu. Belki de onu bir daha hiç göremeyecekti. Yüzünü annesinin boynuna gömdü.

"Ağlama."

"Daha sonra o da gelecek."

Smita âdeta kendini de bu olasılığa inandırmak ister gibi sesine güvenli bir hava vermeye çalıştı. Oysa bu çok zayıf bir ihtimaldi. Bu yolculuk boyunca daha nelerden vazgeçmek zorunda kalacağını kendi kendine sormadan edemedi. Ağlayan kızını teselli ederken bir eliyle, *sari*'sinin altına sakladığı Vishnu'nun resmini tutuyordu. İçinden, her şeyin yolunda gideceğini tekrar etti. Yolculukları boyunca pek çok zorlukla karşılaşacak olsalar da Vishnu daima yanlarındaydı.

Lalita bir süre sonra uykuya daldı. Gözyaşları kururken yüzünde beyaz çizgiler bırakmıştı. Smita kirli camın ardından uzayıp giden manzarayı seyretti. Yol boyunca eğreti kulübeler, tarlalar, bir benzin istasyonu, bir okul, iskeleti çıkmış eski kamyonlar, asırlık bir ağacın altında sandalyeler, yol kenarına oturmuş satıcılardan oluşan küçük bir pazaryeri, son model mobiletler kiralayan bir dükkân, bir göl, tahıl ambarları, yıkılmış bir tapınak, reklam tabelaları, başlarının üzerinde sepetler taşıyan *sari*'li kadınlar ve bir traktör gördü. Bütün

Hindistan'ın; eskiyle yeninin, temizle murdar olanın, dünyeviyle kutsalın, adı olmayan bir karmaşa içinde bu yol kenarına toplanmış olduğunu düşündü.

Otobüs, bir kamyonun yol ortasında batağa saplanarak trafiği tıkaması yüzünden tam üç saat rötarla Varanasi Garı'na vardı. Kadınlardan, erkeklerden, valizlerden, tavuklardan ve yolcuların sağlarına, sollarına, altlarına, üstlerine yığdıkları bin bir çeşit eşyadan oluşan yükünü boşalttı. Otobüsün tepesinden kucağında taşıdığı keçisiyle inen bir adamı gören Lalita'nın gözleri fal taşı gibi açıldı. Çocuk, keçinin oraya nasıl çıktığını merak etti.

Daha otobüsten indikleri an şehrin enerjisi Smita ve kızını içine çekmişti. Ortalık; Ganj Nehri ve Altın Tapınak yönüne akın eden otobüsler, arabalar, çekçekler ve arkalarına hacıları doldurmuş kamyonlardan geçilmiyordu. Varanasi, dünyadaki en eski şehirlerden biriydi. İnsanlar buraya arınmak, dua etmek ve evlenmek için olduğu kadar ölen yakınlarını yakmak, hatta bizzat ölmek için de geliyordu. Buradakilerin deyişiyle Ganj Ana'nın kıyılarındaki *ghat* adı verilen basamaklarda ölüm ile yaşam, gece ile gündüz hiç bitmeyen bir dans icra ediyordu.

Lalita hayatında ilk kez böyle bir şey görüyordu. Smita kızına, küçük bir çocukken kendi anne babasıyla bu şehre hac için gelişini anlatmıştı. Birlikte belli bir sırayı takip ederek kutsal nehrin beş ayrı yerinde yıkanma ritüeli olan Panchatirthi Yatra yürüyüşünü gerçekleştirmişlerdi. Ziyaretlerini –âdet olduğu üzere– Altın Tapınak'ta ibadet ederek tamamlamışlardı. Smita, anne babası ve erkek kardeşlerini taklit edip onlar ne yaparlarsa aynısını yapmıştı. Onu çok etkileyen bu yolculuğu hâlâ hatırlıyordu. Özellikle ölü yakma yerlerinden biri olan Manikarnika Ghat'ından çok etkilenmişti. Üzerinde yaşlı bir kadının cesedi olan kütüğün alev alev yanışını dün gibi anımsıyordu. Geleneklere uygun olarak yakılmadan önce kadının bedeni Ganj Nehri'nde yıkanmış ve kurulanmıştı. Smita önce bedeni uzaktan yalayan, sonra da onu korkunç çıtırtılarla yutan alevleri dehşet dolu bakışlarla seyretmişti. Tuhaf bir biçimde ölünün yakınları üzgün görünmüyorlardı, daha ziyade ninelerinin ölüm ve doğum çemberinden kurtulmasına sevinir gibi bir hâlleri vardı. Bazıları sohbet ediyor, bazıları kart oynuyor, bazıları ise aralarında gülüşüyordu. Murdar sayılan ölü yakma görevi, Dalitlere düşüyordu. Beyaz giysiler içindeki Dalitler, gece gündüz hiç durmadan ölü yakıyorlardı. Ayrıca bu iş için gerekli olan tonlarca odunu kayıklarla *ghat*'lara kadar taşımak da onların işiydi. Smita, iskelede yanmayı bekleyen dağ gibi odun yığınlarını hatırlıyordu. Birkaç metre ileride inekler, nehrin kıyısında olanlara aldırış etmeden su içiyordu. Daha ileride kadınlar, erkekler ve çocuklar abdest alıyorlardı. Geleneğe göre, ayak parmaklarından başa kadar bütün bedeni Ganj Nehri'ne daldırarak arınmak gerekiyordu. Bazıları rengârenk giysiler ve neşeli kahkahalar içinde, bir yandan ilahiler okuyup bir yandan şarkılar söyleyerek düğün yapıyordu. Bulaşık, hatta çamaşır yıkayanlar dahi vardı. Bazı yerlerde suyun rengi simsiyahtı. Nehrin üzerinde yüzen çiçekler, gaz lambaları, hacca gelenlerin kurban ettiği hayvanların çürümüş cesetleri, hatta insan kemikleri bile görmek mümkündü. Ritüel olduğu üzere, cesetler yakıldıktan sonra külleri bir törenle nehrin üzerine serpiliyordu ancak maddi imkânları yetersiz olan pek çok ailenin cesetleri tamamen yaktırmadan, bütün olarak nehre attıkları da oluyordu.

Bugün Smita'ya hiç kimse eşlik etmiyordu, yanında kızından başka elini güvenle tutabileceği kimse yoktu. Bütün bu hacı kalabalığının içinde yollarını bir başına bulmaya çalışıyorlardı. Gidecekleri tren garı otobüsün onları bıraktığı yerden bir hayli uzakta, şehrin merkezindeydi.

Lalita dükkânların önündeki tezgâhlarda sergilenen her biri birbirinden ilginç objeyi hayranlıktan fal taşı gibi açılmış gözlerle inceliyordu. Şurada bir elektrikli süpürge, burada bir meyve sıkacağı; biraz ileride bir küvet, bir lavabo, bir tuvalet... Lalita daha önce hiç böyle şeyler görmemişti. Bir an önce gitmek için sabırsızlanan Smita, kızının her gördüğü şeyi merak edip ikide bir durması yüzünden sıkıntıyla iç çekti. Yolda kahverengi önlüklü, el ele yürüyen bir grup ilkokul öğrencisiyle karşılaştılar. Smita kızının çocuklara nasıl gıptayla baktığını gördü.

Ülkenin en işlek garlarından biri olan Varanasi-Cantt, nihayet görünmüştü. Önündeki meydanı hummalı bir kalabalık kaplamış, yolcular güruhlar hâlinde bilet holündeki gişelerin önüne yığılmışlardı. Garın her tarafı saatlerce hatta günlerce ayakta durarak, oturarak veya yere yatarak bekleyen binlerce kadın, erkek ve çocukla doluydu.

Çığırtkanlara rağbet etmeden kalabalığın arasından kendine yol açmaya çalıştı. Turistlerin şaşkınlığından veya saflığından faydalanan çığırtkanlar, verdikleri yalan yanlış bilgilerle birkaç rupi koparmaya çalışıyordu. Smita dört gişenin önünde uzayıp giden kuyruklardan birine girdi. Sabırlı olması gerekecekti çünkü her bir kuyrukta en az yüz kişi vardı. Lalita çok yorgundu, yüz kilometrelik yolculuklarını aç karnına gerçekleştirmişlerdi. Ancak Smita onları çok daha büyük zorlukların beklediğini biliyordu.

Sıra nihayet ona geldiğinde akşam olmuş, hava kararmıştı. Smita, Chennai'ye aynı gece bilet isteyince gişedeki memur yüzüne şaşkınlıkla bakarak bunun için günler öncesinden rezervasyon yaptırmak gerektiğini, son dakika trende yer bulmanın imkânsız olduğunu söyledi. Rezervasyonu yok muydu? Smita geceyi burada, kimseyi tanımadığı bu kutsal şehirde geçirmek zorunda kalacağını anlayınca eli ayağı titremeye başladı. Brahmanın evinden aldığı bozuk paralar ancak üçüncü sınıf tren biletlerini almaya ve karınlarını doyurmaya yeteceğinden pansiyona veya yatakhaneye verecek parası yoktu. Smita ısrar etti, hemen şimdi bilet bulmaları ve bir an önce gitmeleri gerekiyordu. Gerekirse karınlarını doyurmak amacıyla sakladığı birkaç kuruşu da gözden çıkarmaya razıydı. Gişe memuru Smita'nın yüzüne kuşkulu bir ifadeyle bakıp sararmış dişlerinin arasından kendi kendine bir şeyler söyledi. Bir süre gözden kaybolduktan sonra elinde ertesi günkü trende en ucuz vagon olan *sleeper class** için iki biletle geri geldi. Bundan daha iyisini bulması imkânsızdı. Smita yolcu sayısında bir kısıtlama olmadığı için her isteyenin bu vagondan bilet alabildiğini, bu yüzden vagonun tıklım tıklım dolu olduğunu, gişe memurunun elindeki birkaç kuruşu almak için saflığından faydalandığını daha sonra anlayacaktı.

Yorgunluktan bitap düşen Lalita kucağında uyuyakalmıştı. Kalabalığı yararak oturacak bir yer aradı. Garın içi, peronların üstü de olmak üzere her taraf geceyi garda geçirmeye hazırlanan insanlarla doluydu. Şanslı olanlar buldukları bir köşede yere kıvrılmış uyuyordu. Smita çocuklarıyla oturan beyaz giysili bir kadının yakınlarında boş bir yere çöktü. Lalita uyanmıştı. Karnı acıkmıştı. Smita su şişesini çıkardı. Şişenin dibinde kalmış birkaç yudum sudan başka kızına verecek hiçbir şeyi yoktu bu akşam. Çocuk ağlamaya başladı.

Biraz ilerideki beyaz giysili kadın çocuklarına bisküvi verdikten sonra, kucağında ağlayan kızıyla oturan Smita'yı gördü. Yanlarına yaklaşıp elindeki yiyeceği paylaşmayı önerdi.

---

* (*İng.*) Yataklı kompartıman. *(e.n.)*

Smita şaşkınlıkla kadının yüzüne baktı. Hayatı boyunca kimseden en ufak bir şey almamış, kimseden hiçbir şey dilenmemişti. İçinde bulunduğu şartlara rağmen her zaman onuruyla yaşamıştı. Kendisi için olsa kesinlikle reddederdi ancak Lalita o kadar zayıf, o kadar ufak tefekti ki bir şeyler yiyip içmeden böyle bir yolculuğu kaldırması imkânsızdı. Smita teşekkür ederek kadının uzattığı muzla bisküvileri aldı. Lalita âdeta kıtlıktan çıkmış gibi üzerlerine atıldı. Kadın, Smita'ya, sokak satıcısından aldığı zencefilli çaydan birkaç yudum içmesini önerdi. Smita teklifini geri çevirmedi. Tadı hafif acımtırak olan sıcak çayı içince biraz olsun canlandığını hissetti. Adının Lackshmama olduğunu söyleyen kadın, Smita'ya nereye gittiklerini sordu. Yanlarında kocası, babası, ağabeyi falan yok muydu? Smita bir yalan uydurup Chennai'de bulunan kocasının yanına gittiklerini söyledi. Lackshmama, küçük yaştaki iki oğluyla Delhi'nin güneyinde bulunan ve "beyaz dulların şehri" olarak tanınan Vrindavan'a gidiyordu. Kocası birkaç ay önce gripten ölmüştü. Kocasının ölümünden sonra ailesi onu birlikte yaşadıkları evden kovmuştu. Lackshmama üzüntüyle ülkedeki dulların yaşadıkları korkunç kaderi anlattı: Kocalarının ruhunun çıkmasına engel olamadıkları için suçlanıp lanetleniyorlardı, hatta bazen kocalarına büyü yaparak veya onları hasta ederek ölümlerine neden olmakla itham ediliyorlardı. Kocaları bir kaza sonucu öldüğünde ölüm sigortası almıyorlardı, savaşta öldüğünde de maaş bağlanmıyordu. Dul bir kadın görmenin uğursuzluk getirdiğine inanılıyordu, hatta gölgesini görmek bile kötüye alametti. Bayramlara ve düğünlere katılmaları yasaktı; herkesten saklanmak, yas rengi olan beyaz giysiler giymek ve günahlarının kefaretini ödemek zorundaydılar. Çoğu zaman kendi aileleri tarafından bile sokağa atılıyorlardı. Lackshmama dehşet içinde, eskiden, dul kalan kadınları kocalarının cenaze ateşine atarak intihar etmeye zorlayan acımasız Sati geleneğinden bahsetti. Ateşe atlamayı reddeden kadınlar aforoz ediliyor, dövülüyor, aşağılanıyor; bazen kocalarının ailesi, hatta mirası anneleriyle paylaşmak istemeyen kendi çocukları tarafından zorla alevlerin içine itiliyorlardı. Bir daha hiçbir erkeğin ilgisini çekmemeleri için sokağa atılmadan önce, bütün mücevherlerini çıkarıp saçlarını kazımaya zorlanıyorlardı. Kaç yaşında olursa olsun, dul bir kadının bir daha evlenmeye hakkı yoktu. Kız çocuklarının çok küçük yaşta evlendirildikleri bazı eyaletlerde daha beş yaşında dul kalan ve bu yüzden hayatları boyunca dilencilik yapmaya mahkûm olan pek çok kız çocuğu vardı.

Lackshmama, "İşte böyle... Kocan yoksa hiçsin," diyerek iç çekti. Smita kadınların hiçbir mal varlığı olmadığını, her şeyin kocalarına ait olduğunu biliyordu. Kadın evlendiğinde varını yoğunu kocasına veriyordu, kocası öldüğünde kadının varlığı da sona eriyordu. Düğününde anne babasının hediye ettiği ve *sari*'sinin altına saklamayı başardığı bir takı dışında Lackshmama'nın sahip olduğu bir şey yoktu. İhtişamlı takılar içinde, ardında bütün ailesiyle birlikte tapınağa girdiği o şaşaalı günü gayet iyi hatırlıyordu. Görkemli bir biçimde girdiği evliliğinden büyük bir yoksulluk içinde çıkmıştı. Lackshmama kocasının kendisini terk etmiş veya boşamış olmasını tercih ederdi, en azından o zaman toplum tarafından parya* ilan edilmemiş olurdu, belki böylece yakınları ona daha merhametli davranırdı. Oysa şimdi hor görüp düşmanlık ediyorlardı. Hatta bir inek olarak bile doğmuş olmayı tercih ederdi, en azından saygı görürdü. Smita kocasını, köyünü ve bildiği, tanıdığı her şeyi kendi isteğiyle terk ettiğini söylemeye cesaret edemedi. Lackshmama'yı dinlerken içinden, korkunç bir hata yapıp yapmadığını sorgulayıp durdu. Taze dul, bir ara

* Hindistan'da herkes tarafından hor görülen ve aşağılanan kimse. *(e.n.)*

intihar etmeyi düşündüğünü, ancak kocasının ailesinin mirası paylaşmamak adına oğullarını öldürmesinden korktuğu için bu düşüncesinden vazgeçtiğini itiraf etti. Bazen bu tür olayların yaşandığı da oluyordu. Sonunda oğullarını yanına alıp Vrindavan'a sürgüne gitmeyi tercih etmişti. Dediklerine göre orada binlerce dul kadın hayırsever aşramlarda, "dullar evinde" veya sokaklarda barınıyordu. Bir kâse pilav veya çorba karşılığı, tapınaklarda Krishna'ya dua ediyorlardı. Kıt kanaat kazandıkları bir kâse yiyecekten başka bir şeye hakları yoktu.

Smita, Lackshmama'nın anlattıklarını başından sonuna kadar sözünü kesmeden dinledi. Olsa olsa ondan sadece birkaç yaş büyüktü. Smita yaşını sordu ancak Lackshmama kaç yaşında olduğunu bilmediğini, en fazla otuz yaşında olduğunu tahmin ettiğini söyledi. Yüzüne bakılırsa bir hayli gençti, gözlerinin içi parlıyordu ama Smita o ışıl ışıl parlayan gözlerinde âdeta binlerce yıllık, sonsuz bir acı gördü.

Lackshmama'nın bineceği trenin saati gelmişti. Smita yiyeceğini onlarla paylaştığı için teşekkür ederek o ve oğulları için Vishnu'ya dua edeceğine dair söz verdi. Bir oğlunu kucağına alıp diğer oğlunun elinden tuttuktan sonra, tek eşyası olan küçük çantasıyla perona doğru ilerleyen kadının ardından baktı. Lackshmama yolcuların arasında gözden kaybolurken, Smita elini *sari*'sinin içine sakladığı Vishnu'nun resminin üstüne koyup yolculuğu ve sürgün hayatı boyunca bu kadını koruması için dua etti. Kadınları kesinlikle sevmeyen bu ülke tarafından unutulmuş, terk edilmiş, ellerindeki her şeyi kaybetmiş, benzer durumundaki milyonlarca dulu düşününce olduğu kişi için, Smita olduğu için şükretti. Evet, Dalit olarak doğmuştu ama sapasağlamdı, ayaktaydı ve kim bilir, belki de onu daha iyi bir yaşam bekliyordu.

Oysa Lackshmama giderken, "Hiç doğmamış olmayı isterdim," demişti.

Giulia

Palermo, Sicilya

Giulia annesine ve kız kardeşlerine atölyenin iflas ettiğini açıkladığında Francesca ağlamaya başladı. Ergenlik çağındaki gençlere özgü o umursamazlık hâli içinde olan Adela, sanki bu durum onu hiç ilgilendirmiyormuş gibi, bir şey söylemedi. Annesi tek kelime etmeden olduğu yerde yığılıp kaldı. Son derece dini bütün ve sofu bir insan olmasına rağmen Tanrı'ya sitem etti: Önce kocasını almıştı, şimdi sıra atölyedeydi. Böyle bir cezayı hak etmek için nasıl bir suç, nasıl bir günah işlemişlerdi? Çocukları şimdi ne yapacaktı? Adela henüz lisedeydi, çulsuzun tekiyle evli olan Francesca çocuklarının karnını zor doyuruyordu, Giulia ise baba mesleği dışında hiçbir şey bilmiyordu. Üstelik artık babaları yanlarında bile değildi.

Annesi bütün gece ağladı. Kendisi için asla ağlamayan bu kadın; kocası için, kızları için, ellerinden alınacak olan evleri için saatlerce gözyaşı döktü. Güneşin ilk ışıkları belirmeye başladığında aklına harika bir fikir geldi: Yıllar var ki Gino Battagliola, Giulia'ya âşıktı ve onunla evlenmeyi arzuluyordu. Bu, herkesin bildiği bir gerçekti. Ailesi oldukça varlıklıydı, ülkenin dört bir yanında kuaför salonları vardı. Gino

Battagliola'nın anne babası, Lanfredi ailesine karşı daima dostça davranmışlardı. Belki evlerinin ipoteğini satın almayı kabul ederlerdi. Bu, atölyeyi iflastan kurtarmaya kâfi gelmese de en azından başlarını sokacak bir çatıları olur, kızları da açıkta kalmazlardı. Evet, gerçekten de tek kurtuluşları bu evlilikti.

Annesi bu fikrini söylediğinde Giulia şiddetle karşı çıktı. Gino Battagliola ile evlenmektense sokakta yatmayı tercih ederdi. Kötü biri değildi, bir kusuru yoktu, evet; ancak tadı tuzu da yoktu. Sık sık atölyeye geliyordu. Sırık gibi boyu ve saçındaki bir tutam meçle, babasının pek sevdiği Dino Risi'nin *I Mostri* filmindeki o gülünç karakterlerden birine benziyordu.

Annesi onun iyi bir kısmet olduğunu söyledi. Gino nazik bir insandı, üstelik zengindi. Giulia'nın hiçbir şeyi eksik olmayacaktı. Giulia ise annesine en önemli şey dışında, hiçbir şeyinin eksik olmayacağını söyledi. Kocasına bağımlı olmayı, altın bir kafeste yaşamayı reddediyordu. Sosyal statüsünü korumak adına göstermelik bir hayat yaşamayı reddediyordu. Annesi pek çok genç kızın böyle bir evliliğe sahip olduğunu söyledi. Bunu Giulia da biliyordu zaten.

Annesi de gençliğinde müstakbel kocasını kendisi seçmemişti ama bu, mutlu bir evlilik yapmasına engel olmamıştı. Otuz yaşına vardığında müzmin bekâr olarak evde kalacağından korkup nicedir peşinde koşan Pietro Lanfredi'nin evlilik teklifini kabul etmişti. Zamanla kocasını sevmişti de. Öfkeli bir mizaca sahip olmasına rağmen iyi kalpli bir insandı, karısının sevgisini kazanmayı bilmişti. Belki Giulia da zamanla Gino'yu severdi…

Giulia yukarı çıkıp odasına kapandı. Böyle bir şeyi asla kabul edemezdi. O, Kamal'in ateş gibi yanan teninden başka bir ten istemiyordu. Sardinyalı bir yazarın *Aşk Mektupları* adlı romanındaki başkahraman gibi, çarşafları buz kesmiş soğuk bir yatağa girmek istemiyordu. Kitapta, evlendiği adamı bir gün sevmekten ümidini kesen başkahraman kaybettiği aşkını bulmak umuduyla sokaklarda dolaşıyordu. Giulia ruhsuz bir hayat yaşamak istemiyordu. *Nonna*'nın sözlerini hatırladı: "Ne istersen yap ama sakın evlenme."

Gelgelelim, başka bir çıkış yolu mu vardı? Annesinin ve kız kardeşlerinin sokakta kalmalarına gönlü razı olacak mıydı? Bütün ailesinin sorumluluğunu bir tek onun omuzlarına yükleyen bu hayat ne kadar da acımasızdı…

Bugün her zamanki gibi onu beklemekte olan Kamal'i görmeye gücü yoktu. Ayakları onu babasının eskiden çok sevdiği o küçük kiliseye götürmüştü. Babasından geçmiş zaman kipiyle bahsettiğini fark edince tüyleri diken diken oldu. "Babam hâlâ hayatta," diye düşündü.

Hiç yapmadığı hâlde o gün dua etme ihtiyacı duymuştu. Günün o saatinde kilisede in cin top oynuyordu. İçerisinin bu sessiz sakin atmosferi insanda, dünyanın dışında ya da tam tersine, merkezinde olduğu hissini yaratıyordu. Bunun nedeni kilisenin içindeki serinlik, belli belirsiz alınan tütsü kokusu, taş zeminde çınlayan kendi ayak sesi olabilir miydi? Giulia nefesini tuttu. Küçük bir çocukken ne zaman bir kiliseye girse sanki kutsal, gizemli ve yüzlerce yıllık ruhlarla dolu bir bölgeye girmiş gibi duygulanırdı. Önünde yanmakta olan birkaç mum duruyordu. Giulia dünyanın kargaşası içinde kimin bu geçici alevleri her daim canlı tutmaya zaman bulduğunu merak etti.

Kiliseye bağış toplamak amacıyla konmuş kutuya bozuk para attıktan sonra bir mum alıp diğerlerinin yanına dikti. Mumu yaktıktan sonra da gözlerini kapatıp alçak sesle dua etti. Tanrı'dan babasını almamasını ve kendisine seçmediği bir hayatı reddedebilme gücü vermesini diledi. Lanfredi ailesinin mutsuzlukla ödediği bedel çok ağırdı.

Onları bu durumdan ancak bir mucize kurtarabilirdi.

Ne var ki Giulia bu hayatta mucize diye bir şeyin olmadığını gayet iyi biliyordu. Mucizeler yalnızca İncil'de ya da çocukluğunda okuduğu hikâyelerde olurdu. O artık peri masallarına inanmıyordu. Babasının kazası onu bir günde olgunlaştırmıştı. Oysaki buna hiç hazırlıklı değildi. Tıpkı içinden çıkmak istemediğiniz sıcak su dolu bir küvet gibi, ergenlik çağının uzatmalarını yaşamak epey hoştu. Fakat artık olgun bir insan olmanın zamanı gelmişti ve bu çok acıydı. Rüya sona ermişti.

Tek çözüm, Gino ile evlenmekti. Giulia konuyu yüzlerce defa kafasında evirip çevirdi. Gino evin ipoteğini üstüne alırdı. Atölyeyi olmasa da en azından ailesini kurtarmış olurdu. Annesi böyle söylemişti ve babası da kuşkusuz böyle olmasını isterdi. Bunu düşünmek Giulia'nın bu fikre ısınmasına yetmişti.

Kelimelerin kâğıt üzerindeyken daha az canını acıtacağını düşünerek hemen o akşam Kamal'e bir mektup yazdı. Mektubunda atölyenin iflasını ve ailesini bekleyen tehlikeyi açıkladıktan sonra yakında bir başkasıyla evleneceğini belirtti.

Sonuçta birbirlerine herhangi bir söz vermemişlerdi. Giulia zaten Kamal ile bir gelecek hayali kurmamış, ilişkilerinin süreceğini bile düşünmemişti. Ne kültürleri ne tanrıları ne de gelenekleri birdi. Ancak buna rağmen ten uyumları müthişti. Kamal'in bedeni onunkiyle mükemmel şekilde birleşiyordu. Giulia onun yanında hiç olmadığı kadar canlı hissediyordu. İçini yakan, geceleri uyumasını engelleyen, sabahları heyecanla uyanmasına ve onu görmek için yanıp tutuşmasına neden olan bu şiddetli arzu, içini büyük bir aşkla dolduruyordu. Henüz tanıştığı ve hakkında neredeyse hiçbir şey bilmediği bu adam, Giulia'yı kimsenin başaramadığı kadar heyecanlandırıyordu.

Kendini ikna etmeye çalışarak bunun aşk olmadığını düşündü defalarca. Başka bir şeydi bu. Vazgeçmesi gerekiyordu.

Mektubu nereye göndereceğini bile bilmiyordu. Kamal'in nerede yaşadığını bilmiyordu. Bir defa, şehrin dışındaki mahallelerinden birinde iş arkadaşıyla paylaştığı bir odada kaldığını söylemişti. Giulia mektubu buluştukları mağaraya bırakacaktı. Öyle de yaptı. Defalarca birlikte oldukları kayanın yakınına, bir deniz kabuğunun altına bıraktı.

Hikâyelerinin burada, tıpkı başladığı gibi yine tesadüfen sona erdiğini düşündü.

O gece Giulia'nın gözüne uyku girmedi. Zaten uykusunu babasının bürosundaki o çekmecede kaybetmişti. Yattığı yerde, birbiri ardına geçip giden saatlere bakıyordu. Her gece gözünü kırpmadan, bir daha doğmayacağından korktuğu sabahı bekliyordu. Kitap okuyacak gücü dahi bulamıyordu. Karanlığa hapsolmuş bir hâlde, âdeta taş kesmiş gibi kıpırdamadan yatıyordu.

Atölyenin kapanacağını işçilere söylemeliydi. Bunu kendisinin yapmak zorunda olduğunu biliyordu, ne annesine ne de kız kardeşlerine devredebilirdi. İşçiden ziyade arkadaş olarak gördüğü bu insanları işten çıkarması gerekecekti. Hiçbir şey üzüntülerini gideremeyecekti ve hep birlikte gözyaşı dökeceklerdi. Giulia atölyenin her biri için ne ifade ettiğini çok iyi biliyordu. Bazıları o atölyeye hayatlarını adamıştı. *Nonna* ne olacaktı? Onu bir daha kim işe alırdı? Alessia, Gina ve Alda elli yaşını geçmişlerdi, bu saatten sonra yeni bir iş bulmaları kolay olmayacaktı. Kocası terk ettiğinden beri çocuklarıyla bir başına kalan Agnese ne yapacaktı? Peki ya anne babası öldüğünden beri ona yardım eli uzatacak kimsesi olmayan

Federica? Giulia, tıpkı zor geçeceğini bildiği bir ameliyatı sürekli erteler gibi, bu anı elinden geldiğince geciktirmeye çalışmıştı. Ancak daha fazla kaçması mümkün değildi. "Yarın konuşmalıyım," diye düşündü ve içini yakan bu düşünceyle sabahı sabah etti.

Gecenin bir yarısı, saat sabahın ikisine yaklaşırken Giulia camına atılan bir taşla sıçradı. Üzerine çöken mahmurluktan sıyrılmaya çalışırken cama ikinci bir taş daha çarptı. Pencereye yaklaşıp aşağıya bakınca Kamal'in sokağın ortasında durduğunu gördü. Elinde tuttuğu mektubu göstererek Giulia'ya seslendi.

"Giulia!"

"Aşağı gel!"

"Konuşmamız gerek!"

Uykusu bir hayli hafif olan annesini veya komşulardan birini uyandıracağından korkan Giulia panik içinde susmasını işaret etti. Ancak Kamal olduğu yerden kıpırdamadı ve onunla konuşmakta ısrar etti. Giulia aceleyle üzerine bir şeyler geçirip merdivenlerden koşar adım inerek yanına gitti.

"Çıldırdın galiba," diye söylendi. "Buraya gelmek için çıldırmış olmalısın!"

Ve o an bir mucize gerçekleşti.

Sarah

Montreal, Kanada

Her şey sinsi bir biçimde başladı. İlk önce onu önemli bir toplantıdan haberdar etmeyi unuttular. Sarah sonradan, toplantıyı düzenleyen ortakların birinden *kendisini rahatsız etmemek için* özellikle haber vermediklerini öğrenecekti.

Ardından, yeni bir dava dosyasından haberdar edilmediğini öğrendi. Durumu sorduğundaysa, "Şu sıralar zaten düşünecek çok şeyin var," şeklinde bir açıklama yaptılar. Sözde iyi niyet kokan bu klişe cümleler neredeyse çok inandırıcıydı. Sarah kimsenin onun iyiliğini düşünmesini istemiyor, sadece eskisi gibi çalışmayı ve itibar görmeyi arzuluyordu. Kimsenin onu kayırıp kollamasına ihtiyacı yoktu. Buna rağmen, bir süredir hukuk bürosunun içindeki hayata, alınacak kararlara, dava dosyalarının yönetimine eskisi kadar dahil edilmediğini hissediyordu. Sık sık bazı şeyler hakkında bilgi vermeyi unuttukları, bazı soruları ona sormak yerine başkasına sordukları oluyordu.

Hastalığı duyulduğundan beri Curst'ün bürodaki mevkisi değişmişti. Sarah sık sık Johnson'la konuştuğunu, esprilerine kahkahalarla güldüğünü, öğle yemeklerini birlikte yediklerini görüyordu. Inés'e gelince; o da üzerinde çalıştığı dosyalarda özgürce davranmaya, Sarah'nın fikrini sormaksızın inisiyatifler almaya başlamıştı. Sarah onu uyaracak olduğunda da yüzüne sahte bir üzüntü ifadesi oturtup *kendisinin büroda olmadığını* veya *müsait olmadığını* söyleyerek, zamanını hastanede geçirdiğini ima ediyordu. Ofiste olmadığı zamanları fırsat bilip onun adına kararlar veriyor, toplantılarda söz alıyordu. Son günlerde Curst ile bir hayli yakınlık kurmuş, hatta sigara içmeye bile başlamıştı. Sarah onun bu yeni alışkanlığı, sırf yeni akıl hocasına sigara molalarında eşlik edebilmek için edindiğini düşünüyordu. Ne olur ne olmaz, belki kapılacak bir terfi olurdu…

Bu arada Sarah hastanedeki tedavisine başlamıştı. Onkoloğunun tavsiyesine rağmen izin almayı reddetmişti. İşe gitmemek, yerini başkalarına bırakmak anlamına gelirdi ki bu çok riskliydi. Ne pahasına olursa olsun dayanmak zorundaydı. Her sabah büyük bir cesaretle kalkıp işe gitmeye devam etti. Kanserin yıllarca, büyük çabalarla inşa ettiklerini elinden almasına izin vermeyecekti. İmparatorluğunu kaybetmemek için canını dişine takıp savaşacaktı. Onu ayakta tutan; ihtiyacı olan gücü, cesareti ve enerjiyi veren tek şey bu düşünceydi.

Onkolog bunun ağır bir tedavi olduğu, yan etkilerinin ise tedaviden de ağır olduğu konusunda onu uyarmıştı. Mide bulantılarının ne zaman başlayacağını; tedavinin saçları, tırnakları, kaşları, derisi, elleri ve ayakları üzerinde ne gibi etkileri olacağını detaylı bir tabloyla açıklamıştı. Aylarca sürecek tedavi boyunca günbegün yaşayacaklarını bir bir not etmişti. Sarah her bir yan etkiye karşı elinde on ayrı reçeteyle hastaneden ayrılmıştı.

Onkolog da dahil olmak üzere kimsenin bahsetmediği; el-ayak sendromundan, mide bulantılarından veya bazen beyninin içini kaplayan sisten çok daha korkunç bir yan etki vardı. Hiç hazırlıklı olmadığı ve hiçbir reçetenin çare olamayacağı bu şey, hastalığın beraberinde getirdiği dışlanmışlık ve canını çok yakan o kenara itilmişlik hâliydi…

İlk başlarda Sarah ofiste olup biteni kelimelere dökmek istememişti. İş arkadaşlarının onu "unutmalarını", Johnson'ın bakışlarında görmeye alışkın olmadığı umursamazlığı yok saymayı tercih etmişti. Aslında umursamazlıktan ziyade, bir mesafe, aralarında tuhaf bir soğukluktu söz konusu olan. İşten uzaklaştırıldığını kesin bir biçimde idrak etmesi için haftalarca randevulara davet edilmemesi, toplantılara çağırılmaması, dava dosyalarını üzerine alamaması, yeni müşterilerle tanıştırılmaması gerekmişti.

Kabul etmekte zorlansa da maruz kaldığı bu şiddetin bir adı vardı: ayrımcılık! Duruşmalar esnasında en az yüz kere duyduğu ve anlamını ezbere bildiği bu kelime kendisini ilgilendiren bir tanım olamazdı; en azından eskiden o öyle zannediyordu. Ayrımcılık "Birine ırkı, cinsiyeti, ailevi durumu, kilosu, fiziksel görünüşü, ismi, sağlık durumu, sakatlığı, genetik özellikleri, âdetleri, cinsel kimliği veya tercihi, yaşı, siyasi görüşü, sendikal faaliyetleri, ait olduğu veya olmadığı etnik kökeni, ülkesi, ırkı veya dini nedeniyle farklı muamele etmek," demekti.

Bu kelime çoğu zaman, sosyolog Erving Goffman'ın, "Bir kalıba sokularak sınıflandırmak istenilen bireyi, bu kategoriden ayrıştıran ve farklı kılan özellik" olarak tanımladığı "damgalamak" kelimesiyle bir tutuluyordu. Bu sebepten dolayı acı çeken birey, Goffman'ın adlandırdığı şekliyle "normal bireylere" karşı çıkan "damgalanmış" bir bireydi.

Sarah artık damgalandığından emindi. Gençliği, diriliği göklere çıkaran bu toplumda hastalara ve zayıflara yer yoktu. Bugüne kadar güçlülerin dünyasına ait olan Sarah, yaşadığı sarsıntıyla artık saf değiştirmişti.

Bunun bir çaresi var mıydı? Hastalıkla nasıl savaşacağını biliyordu; hastalığa karşı kullanabileceği silahlar, tedaviler, yanında olan doktorlar vardı. Ama dışlanmaya karşı hangi ilacı kullanacaktı? Onu yavaş yavaş çıkış kapısına doğru itiyor, bir dolaba kilitlemeye çalışıyorlardı. Bu gidişi tersine çevirmek için yapabileceği ne vardı?

Savaşmak, ama nasıl? Johnson&Lockwood Hukuk Bürosu'na karşı ayrımcılık suçuyla dava açarak mı? Bunu yapacak olursa istifa etmesi gerekirdi. İstifa edecek olursa da hiçbir yardım alamayacak, sosyal güvenceden faydalanamayacaktı. Başka bir iş aramak mı? Onu ve "kanser"ini kim işe alırdı? Kendi hukuk bürosunu kurmak mı? Her ne kadar hoş bir fikir olsa da bu, büyük bir yatırım gerektiriyordu. Bankaların sadece sağlıklı kişilere borç verdiklerini gayet iyi biliyordu. Üstelik müşterilerinden hangisi kendisiyle çalışmaya devam etmek isterdi ki? Onlara hiçbir vaatte bulunamazdı, bir yıl sonra hâlâ hayatta olup onları savunacağına dair bir garanti veremezdi.

Sarah birkaç yıl önce bir klinikte sekreter olarak çalışan ve meslektaşlarından birinin davasını aldığı o kadını gayet iyi hatırlıyordu. Kadın, patronu olan doktora şiddetli baş ağrıları çektiğinden bahsetmiş ve doktor da onu muayene etmişti. Birtakım testlerden sonra daha o akşam kadını bürosuna çağırıp işten çıkarıldığını bildirmişti. Kadın kanser hastasıydı. Elbette doktor işten çıkarılma sebebi olarak "ekonomik" koşulları göstermişti ancak kimse buna inanmamıştı. Dava süreci tam üç yıl sürmüş, sonunda kadın davayı kazanmıştı. Davayı kazandıktan kısa bir süre sonra da ölmüştü.

Sarah'nın maruz kaldığı, daha yumuşak ve adı konulmamış bir şiddetti. Çok daha sinsi, dolayısıyla ispatı çok daha zor olan bir şiddet... Ancak tamamıyla gerçekti.

Ocak ayında bir sabah Johnson, Sarah'yı odasına çağırdı. Sahte bir ilgi ve üzüntüyle nasıl olduğunu sordu. Sarah iyiydi, evet. Evet, kemoterapi alıyordu. Johnson ona yirmi yıl önce kanser tedavisi gören ve bugün son derece sağlıklı olan kuzeninden bahsetti. Önüne gelenin, tıpkı köpeğin önüne kemik atar gibi anlattıkları kanseri yenme hikâyeleri Sarah'yı kesinlikle alakadar etmiyordu. Çünkü bunlar hiçbir şeyi değiştirmezdi. Sarah Johnson'a annesini kanserden kaybettiğini, kendisinin de gerçekten hasta olduğunu, onun sahte merhametine ihtiyacı olmadığını söyleyebilmeyi isterdi. Ağzında çıkan yaralar yüzünden yemek dahi yiyememenin, alev alev yanan ayakları yüzünden günün sonunda yürüyemeyecek hâle gelmenin, bitkinlikten tek basamak merdiven dahi çıkamamanın nasıl bir şey olduğunu o bilmiyordu. O, yalancı merhametinin ardına sığınadursun; birkaç hafta sonra saçlarının dökülmeye başlayacağını, aynada gördüğü bedeninin cılızlığından dehşete kapıldığını; acı çekmekten, ölmekten, her şeyden çok korktuğunu; geceleri uyuyamadığını, günde üç kere kustuğunu, bazı sabahlar ayakta duracak gücü dahi olmadığını bilip bilmemesi Sarah'nın umurunda bile değildi. Merhameti de kuzeni de cehennemin dibine gidebilirdi! Ancak tüm bunları söylemek yerine her zamanki gibi nezaketini korudu.

Johnson nihayet sadede geldi: Bilgouvar dosyası için ona bir yardımcı avukat vermek istiyordu. Sarah'nın ağzı beş karış açık kaldı. İlk şoku atlatınca itiraz etti. Uzun yıllardır müşterisi olan Bilgouvar'ın menfaatlerini savunmak için kimseye ihtiyacı yoktu. Johnson derin bir iç çektikten sonra bir kere, tek bir kerecik geç kaldığı o toplantıyı hatırlattı. O sabah işten önce hastanedeki randevusuna gitmek için şafak vakti kalkmıştı. Ancak MR cihazının çalışmayacağı tutmuştu. Radyoloji uzmanı üzgün bir ifadeyle bunun nadiren meydana geldiğini söylemişti. Sarah nefes nefese ofise geldiğinde toplantı henüz başlamıştı. Bütün bunlar Johnson'ın umurunda bile değildi, Sarah'nın açıklamaları onu hiç mi hiç ilgilendirmiyordu, bahanelerini kendine saklayabilirdi. Neyse ki Inés vardı. Inés işine daima saatinde geliyordu ve *mükemmel* bir elemandı. Johnson, Sarah'ya duruşmanın ortasında rahatsızlandığı için ertelenen davayı da hatırlatmadan geçemedi. Sarah'nın hayatta en nefret ettiği şey olan o ağdalı dille ve çok iyi bildiği içi boş, basmakalıp cümlelerle birtakım tıbbi zorunlulukları olmasını anlayışla karşıladığını, bürodaki herkesin onun bir an önce sağlığına kavuşmasını dilediğini, Sarah'nın desteğe ihtiyacı olduğunu düşündüğünü, hukuk bürosunun amacının hatta özünün de tam olarak ekip çalışması olduğunu söyledi. Sırf bu zor zamanlarda ona destek olabilmek için Gary Curst'ü yardımcısı olarak atadığını da ekledi.

Eğer Sarah o an oturmuyor olsaydı kesinlikle yere düşerdi. Her şeye, ama her şeye razıydı, yeter ki bu olmasındı.

Johnson'ın onu işten çıkarmasını, kovmasını tercih ederdi. Hatta aşağılamasını dahi tercih edebilirdi, en azından o zaman her şey açık seçik biçimde gerçekleşirdi. Bu şekilde istifaya zorlanmaktan, tahammül edilmez bir biçimde yavaş yavaş ölüme terk edilmektense her şeye razıydı. Kendisini arenada kurban edilen bir boğa gibi hissetti. İtiraz etmenin gereksiz olduğunu, söyleyeceği hiçbir şeyin olayların akışını değiştiremeyeceğini biliyordu. Kaderi çoktan yazılmıştı, hem de bizzat Johnson tarafından. O, Sarah'yı artık güvenebileceği sağlam bir değer olarak görmüyordu ve hasta hâliyle bir işine yaramayacağına hükmetmişti.

Curst, Bilgouvar dosyasını tek lokmada yutacaktı. Johnson, onun Sarah'ın en büyük müşterisini elinden alacağını gayet iyi biliyordu. Hazır yere düşmüşken birlik olup onu parçalayacaklardı. Sarah avazı çıktığı kadar bağırıp yardım çağırabilmeyi, tıpkı çocuklarının oyun oynarken "Yetişin! Hırsız var!" diye bağırdıkları gibi haykırabilmeyi isterdi. Ancak çölün ortasında bağırsa bile daha iyi sonuç alırdı. Sesini duyacak, yardımına gelecek kimse yoktu. Bu defaki hırsızlar iyi giyimliydi, hırsızlık yaptıkları hiçbir koşulda anlaşılmıyordu, hatta görünüşte gayet saygın kişiliklerdi. Parfüm kokulu, takım elbiseli, kravatlı, son derece şık bir şiddetti bu.

Gary Curst intikamını almıştı. Bilgouvar dosyasını ele geçirdiğinde hukuk bürosunun en güçlü ortağı hâline gelecek ve ardından da Johnson'ın koltuğuna oturacaktı. Curst yorgun değildi; tam tersine, tıpkı başkalarının kanıyla beslenen bir vampir gibi formunun zirvesindeydi.

Görüşmenin sonunda Johnson, Sarah'nın yüzüne üzgün bir ifadeyle bakıp son derece acımasız son bir laf etti: "Yorgun görünüyorsunuz. Eve gidip dinlenseniz iyi olur."

Sarah yıkılmış bir hâlde bürosuna geri döndü. Darbe alacağını elbette biliyordu ancak bu, hiç beklemediği bir günde gerçekleşmişti. Birkaç gün sonra Curst'ün yönetici ortağı olarak atandığını duyunca şaşırmadı. En üst pozisyona, Johnson'ın koltuğuna kadar yükselerek hukuk bürosunun başına geçmişti. Bu atama Sarah'nın kariyerinin bittiği anlamına geliyordu.

Sarah o gün öğleden sonra eve döndü. Evin bomboş olduğu bir saatte orada olmak alışkın olmadığı bir şeydi. Etrafta in cin top oynuyordu. Yatağına oturup ağlamaya başladı. Bir zamanlar, yani daha düne kadar olduğu kadını, dünyada bir yeri olan o güçlü ve hırslı kadını düşündü ve kendi kendine artık dünyanın onu terk ettiğini mırıldandı.

Bundan böyle düşüşüne engel olabilecek hiçbir şey kalmamıştı.

Düşüş başlamıştı.

Bu sabah iplerden biri kopuverdi.
Aslında çok sık olmaz böyle,
Ama oldu işte.

Onca günlük çalışmayı
Boşa çıkaran;
Küçük bir felaket, bir tsunami bu.

Tıpkı gece söktüğünü
Gündüz yeniden ören
Penelope gibi,*
Benim de yeniden başlamam gerek.

Bitince güzel olacak.
Bunu düşününce üzüntüm azaldı.
Amacıma ulaşmak için
Yılmadan devam etmem gerek.

Yeniden başlamam ve bitirmem gerek.

---

* Penelope, Homeros'un *Odysseia* destanında Odysseus'un eşidir. Savaşa giden kocası yirmi yıl sonunda dönmeyince, talipleri arasından eş seçmesini ertelemek için elindeki örgüyü bitirdikten sonra evleneceğini söyler ve bitirmemek için de gündüz ördüğünü gece söker. Sadakatin simgesidir.

Smita

Varanasi, Uttar Pradeş, Hindistan

Kucağında Lalita'yla peronda oturduğu yerde içi geçen Smita, aniden sıçrayarak uyandı. Güneşin ilk ışınları belirmeye başlamıştı. Yüzlerce kişi birbirini ezerek gara giren bir trene doğru koşuyordu. Smita, Lalita'yı uyandırdı. Küçük kız korkulu gözlerle etrafına bakındı.

"Gel!"

"Tren geldi!"

"Çabuk ol!"

Aceleyle eşyalarını topladı. Hırsızlardan korumak için torbasının üstünde uyumuştu. Lalita'nın elinden tutup üçüncü sınıf vagonlara doğru ilerledi. Perondaki kalabalık tam bir izdiham yaratıyor, herkes itişip kakışarak birbirini eziyordu. Her taraftan, *"Tchalo, tchalo!"* sesleri yükseliyordu: "Hadi, hadi!" Smita vagonun kapı koluna yapıştı ve bütün o kargaşaya rağmen tüm gücüyle asılmaya devam etti. Lalita'nın sabırsız yolcular arasında boğulmasından korktuğu için önce onu bindirmeye çalışırken birden içine bir kuşku düştü. Yanındaki cılız adama bağırarak trenin Chennai'ye gidip gitmediğini sordu.

Adam, "Hayır," diye cevap verdi. Tren Jaipur'a gidiyordu. Smita'ya tabelalara güvenmemesini, çoğu zaman yanlış olduklarını söyledi.

Smita neredeyse vagona binmiş sayılan Lalita'yı elinden yakalayıp tıpkı akıntıya karşı yüzen bir somon balığı gibi ilerleyerek, güçlükle kalabalığı yardı ve kapıya geri döndü.

Bilgi almaya çalıştığı diğer yolcuların yanlış yönlendirmeleri yüzünden defalarca bir o yana bir bu yana koşuşturduktan, beyhude bir çabayla görevlilerden yardım almaya çalıştıktan sonra nihayet Chennai'ye giden treni bulabilmişlerdi. Mavi renkteki *sleeper class* vagonuna bindiler. Her türlü konfordan yoksun, klimasız vagonda tahtakuruları ve fareler cirit atıyordu. Kendilerini balık istifi vagona güçlükle attıktan sonra küçük, tahta bir banka oturdular. Birkaç metrelik daracık alana en az yirmi kişi doluşmuştu. Üst tarafta, çantalara ayrılan bölüm dahi bacaklarını aşağı sarkıtarak oturan yolcularla doluydu. Yolculuk kolay olmayacaktı çünkü bu şekilde iki bin kilometreden fazla yol katedeceklerdi. Bindikleri tren ekspres de değildi, hem çok yavaş gidiyor hem de her şehirde duruyordu. Smita, "Hindistan'ı baştan başa geçmek ne büyük bir çılgınlık!" diye düşündü. Çok kötü durumdaki vagonlarda insanlar üst üste, nefes alamadan, yorgunluktan bitap düşmüş bir hâlde yolculuk ediyordu. Bütün vagon ayakta duran ya da yere oturmuş çocuklu aileler, yaşlılar ve minik bebeklerle tıklım tıklım doluydu. Kimsenin kolunu dahi kıpırdatmasına imkân yoktu.

Yolculuğun ilk saatleri sorunsuz geçti. Lalita uyumuştu; Smita ise bilinci yarı açık şekilde, uyuklama hâlindeydi. Lalita birden uyanıp çişinin geldiğini söyledi. Smita kızının elinden tutup kalabalığı yararak vagonun ön tarafına doğru ilerlemeye çalıştı. Yerde oturan yolcuların üzerine basmamaya çalışarak güçlükle ilerliyordu. Bütün çabalarına rağmen üzerine bastığı bir yolcu Smita'yı öfkeyle azarladı.

Nihayet tuvaletin önüne ulaştığında kapının içeriden kilitlenmiş olduğunu gördü. Kapıyı yumrukladı, defalarca açmak için zorladı. Yerde oturan, dişleri dökülmüş ve derisi kâğıt gibi incecik kalmış yaşlı bir kadın, boşuna uğraşmamasını söyledi ona. Kendilerine oturacak ve uyuyacak yer arayan bir aile oraya girmiş ve saatlerdir çıkmamıştı, yolculuk bitine kadar da çıkmayacaklardı. Smita kâh yalvararak kâh emrederek kapıyı yumruklamaya devam etti. Yaşlı kadın onlardan önce de bunu deneyenler olduğunu, boşuna nefesini tüketmemesini tavsiye etti. Yine de Smita, kızının çok sıkıştığını söyledi. Yaşlı kadın vagonun bir köşesini işaret ederek, "Şuraya yapıversin" dedi, "ya da bir sonraki durağı beklesin." Lalita donup kalmıştı. Altı yaşında olmasına rağmen onuruna çok düşkün olan çocuk diğer yolcuların gözleri önünde tuvaletini yapmak istemiyordu. Smita kızına başka seçeneği olmadığını anlatmaya çalıştı. Tren bir sonraki durakta çok kısa bir süre için duracak ama inmeye vakitleri olmayacaktı. Bir önceki durakta inen bir aile, peronu dolduran kalabalık yüzünden trene bir daha binememişti. Tren aileyi kuş uçmaz kervan geçmez o yerde, adını dahi bilmedikleri o garda bırakıp ailenin bütün eşyalarıyla birlikte yoluna devam etmişti.

Lalita başını salladı. Çişini tutmayı tercih ediyordu. Tren bir veya iki saat sonra Jabalpur'da daha uzun bir süre için duracaktı. Oraya kadar bekleyecekti.

Oturdukları yere geri dönerlerken vagonun sidik ve dışkı karışımı leş gibi bir kokuyla dolduğunu fark ettiler. Şehirdeki insanlar tuvaletlerini demiryolunun kenarına yaptıkları için trenin durduğu bütün garlarda vagonun içi aynı kokuyla doluyordu. Smita bu kokuyu çok iyi tanıyordu, her yerde aynıydı; bu koku hiçbir sınır, hiçbir sınıf, kast veya zenginlik tanımıyordu. Smita bu kokuya alışmış olmasına rağmen her gün çalışırken yaptığı gibi yine nefesini tuttu ve hem kendi burnunu hem de kızınınkini eşarpla kapattı.

Kendi kendine söz vermişti. Bir daha asla nefesini tutarak yaşamayacaktı. Bundan böyle nihayet özgürce ve onuruyla nefes alacaktı.

Tren yeniden yola koyuldu. Vagonun içini kaplayan o iğrenç koku kaybolup yerini daha az boğucu ancak bir o kadar da mide bulandırıcı olan ter ve vücut kokularına bırakmıştı. Saat öğlene yaklaştığında pis havayı üfüren küçük bir vantilatör dışında bir havalandırması olmayan vagonda sıcaklık dayanılmaz bir hâl almıştı. Smita, Lalita'ya su verdikten sonra kendisi de birkaç yudum içti.

Günün geri kalanı nemli bir uyuşukluk içinde geçti. Yolculardan bazıları vagonun orta yerinde ayakkabılarını boyuyor, bazıları vagonun aralık kapısından manzarayı seyrediyor, bazıları da biraz olsun temiz hava solumak için kafalarını pencerelerin parmaklarına dayıyordu. Ancak tek soluyabildikleri, cehennem gibi sıcak havaydı. Dualar okuyarak trenin bir ucundan diğer ucuna dolaşan bir adam, yolcuları kutsamak için başlarına su serpti. Bir dilenci vagonu süpürdükten sonra acıklı hayat hikâyesini anlatarak yolculardan para istemeye kalkıştı: Ülkenin kuzeyinde ailesiyle bir tarlada çalışırken zengin çiftlik sahipleri borcu olan babasını alıp götürmüşler; onu dövmüş, kollarını ve bacaklarını kırıp gözlerini çıkarmış ve ailesinin önünde bacaklarından ağaca asmışlardı. Bu korkunç hikâyeyi duyan Lalita korkudan titremeye başladı. Smita dilenciyi azarlayarak burada çocuklar olduğunu, başka bir vagonu gitmesini söyledi.

Yanında oturan, terden sırılsıklam olmuş şişman bir kadın adağını yerine getirmek için Tirupati Tapınağı'na gittiğini söyleyince Smita'nın bütün dalgınlığı birden yok oldu. Kadının oğlu hastalanmıştı ve doktorlar yapacak bir şey olmadığını söylemişlerdi. Oğlunu götürdüğü şifacıysa bir tapınakta kurban kesmesini öğütlemişti. Kadın şifacının dediğini yapmış ve oğlu iyileşmişti. Şimdi Vishnu'nun heykeline çiçekten kolyeler ve çeşitli yiyecekler sunarak bu mucize için teşekkür edecekti. Bunun için binlerce kilometrelik bir yolculuğa çıkmıştı. Seyahat koşullarından memnun değilse de yapacak bir şey olmadığını söyledi. "Ona varan yolun güçlüklerle dolu olup olmayacağına bir tek Tanrı karar verir," diye de ekledi.

Gece olmuştu. Vagondaki yolcular biraz olsun dinlenmek için hazırlanmaya başladılar. Yatağa dönüşen tahta banklar uyumak için hiç elverişli değildi. Smita, şişman kadının yanında oturan Lalita'nın minik bedenine dayanıp uyuklamaya başladı. Bu yolculuğa çıkmadan önce Vishnu'ya verdiği sözü düşündü. Onu tutması gerekiyordu.

Smita; Chhattisgarh ve Andra Pradeş eyaletleri arasında bir yerde, gecenin ortasında, o tahta bankın üzerinde bir karar verdi: Yarın, planladığı gibi yollarına Chennai'ye doğru devam etmeyeceklerdi. Yarın, Tirupati Garı'nda durduklarında trenden inecekler ve tanrılarına şükranlarını sunmak için kutsal dağa tırmanacaklardı. Bu düşünceyle içi rahatlayan Smita huzur içinde uykuya daldı. Vishnu onları bekliyordu.

Tanrı'sı onunla, yanındaydı.

Giulia

Palermo, Sicilya

Giulia gece yarısı sokağa, Kamal'in yanına indi. Acaba ona ne söyleyecekti? Onu sevdiğini mi? Bu ayrılığı istemediğini mi? Kuşkusuz Giulia'dan ayrılmak istemediğini söyleyecek ve bu anlamsız evlilikten vazgeçirmeye çalışacaktı. Giulia tıpkı annesinin bütün gün televizyonda seyrettiği o melodramlardaki gibi, birbirlerinin kollarına atılıp gözyaşları içinde vedalaşacaklarını düşündü. Ne de olsa ayrılmaktan başka çareleri yoktu.

Ancak Kamal'i, beklediği gibi gözyaşları içinde bulmadı; hatta üzgün dahi görünmüyordu. Aksine büyük bir heyecan ve sabırsızlık içindeydi. Gözlerinde tuhaf bir parıltı vardı. Bir sır verir gibi alçak sesle ve çabuk çabuk konuşuyordu.

"Atölye için bir çözüm buldum sanırım!"

Daha fazla bir şey söylemeden Giulia'yı elinden tutup denize, her gün buluştukları mağaraya doğru götürdü.

Giulia karanlıkta Kamal'in yüzünü seçemiyordu. Kamal mektubunu okuduğunu, ancak atölyenin kapanmak zorunda olmadığını söyledi. Atölyeyi kapanmaktan kurtaracak bir çözüm bulmuştu! Giulia kuşkuyla yüzüne baktı. İçini dolduran bu tuhaf enerji de neydi böyle? Genellikle çok sakin bir yapıya sahip olan Kamal, tamamen coşmuş hâlde anlatmaya başladı: Sihlerin dini kuralları saçlarını kesmeyi yasaklıyor olsa da ülkesindeki Hindular için aynı şey geçerli değildi. Aksine, her gün binlerce Hindu, tapınaklarda tanrılarına adak olarak saçlarını kesiyordu. Saç kazıtmak kutsal bir eylem sayılsa da saçlar öyle değildi. Kesilen saçlar toplanıp pazarlarda satılıyordu, hatta bu işin ticaretini yapanlar dahi vardı. Eğer burada hammadde yoksa gidip oradan alabilir, ithal edebilirlerdi. Atölyeyi kapanmaktan kurtarmanın tek yolu buydu.

Giulia ne söyleyeceğini bilemedi. Duyguları kuşkuyla dehşet arasında gidip geliyordu. Kamal'in planı çok saçmaydı. Hintlilerin saçlarını kullanmak çok tuhaf bir fikirdi. Elbette saçları nasıl işlemden geçirebileceğini biliyordu. O saçları süt gibi beyazlatıp sonra istediği renge boyamasını sağlayacak formülü babasından öğrenmişti. Bunun için gerekli bilgi ve beceriye sahipti. Ancak bu fikir onu korkutuyordu. "İthal etmek" terimi âdeta yabancı bir dilden, küçük atölyelerle dolu bu yerdekilerin bilmedikleri bir dilden ödünç alınmış gibiydi. Lanfredi ailesinin atölyesinde işlenen saçlar Sicilyalılara aitti ve daima böyle olmuştu. Onların atölyesinde sadece ada halkının saçları, yani yerel saçlar kullanılıyordu.

Kamal bir kaynak kuruduğunda başka bir kaynak aramak gerektiğini söyledi. İtalyanlar artık kestikleri saçları saklamıyorlarsa bu kaynağı onlara Hintliler sağlayabilirlerdi! Her yıl binlerce insan tapınaklarda saçlarını kestiriyordu. Kesilen tonlarca saç da satılıyordu. Bu neredeyse hiç tükenmeyecek bir kaynaktı.

Giulia ne düşüneceğini bilemedi. Bir an, bu fikir aklına yatacak gibi oluyor ama bir saniye sonra imkânsız görünüyordu. Kamal ona yardım edeceğini de ekledi. Hindistan'ı iyi tanıyor, dilini konuşuyordu; Hindistan'la İtalya arasında aracılık edebilirdi. *Bu adam çok tuhaf*, diye geçirdi içinden Giulia. *Her şeyin çok kolay olduğunu zannediyor.* Sonra da bu kadar kuşkucu ve karamsar olduğu için kendine kızdı.

Giulia odasına geri döndüğünde yerinde duramaz olmuştu. Düşünceleri tıpkı kafesteki bir maymun gibiydi ve onlara bir türlü hâkim olamıyordu. Gözüne uyku girmeyeceğini çok iyi bildiğinden yatmayı denemedi bile. Bilgisayarını açıp sabaha kadar hararetli bir biçimde araştırma yaptı.

Kamal doğru söylemişti. İnternette, Hintli kadın ve erkeklerin tapınaklarda çekilmiş pek çok fotoğrafını gördü. Bereketli bir hasat, mutlu bir evlilik veya sağlık dileğiyle tanrılarına adak adamak için saçlarını kesiyorlardı. Çoğu, saçlarından başka sunacakları bir zenginlikleri olmayan fakirler ve Dokunulmazlardan oluşuyordu.

Giulia; Hindistan'dan ithal ettiği saçlarla büyük bir servet kazanan, bütün dünyanın tanıdığı, her yere helikopterle giden bir İngiliz iş insanı hakkındaki makaleyi de bulmuştu. Roma yakınlarındaki fabrikasında Hindistan'dan getirttiği tonlarca saçı kullanıyordu. Saçlar önce uçakla Fiumicino Havaalanı'na getiriliyor, daha sonra da şehrin kuzeyindeki sanayi bölgesinde yer alan devasa atölyelerde işlem görüyordu. Bu iş insanı Hindistan'dan gelen saçların, dünyanın en iyi saçları olduğunu söylüyordu. Roma'daki villasında havuzun kenarına uzanmış, saçların dezenfekte edilip tarandıktan sonra nasıl beyazlatıldıklarını ve daha sonra Avrupalıların saçlarına benzetilmek üzere sarı, kestane, kızıl veya kumral renklere nasıl boyandıklarını açıklıyordu. Kendinden pek memnun bir ifadeyle, "Siyah altını, sarı altına dönüştürüyoruz," diye de ekliyordu. Saçlar daha sonra uzunluklarına göre sınıflandırılıp paketlenerek peruk veya postiş olarak kullanılmak üzere dünyanın dört bir yanına gönderiliyordu. Tam elli üç ülkede, yirmi beş bin kuaför salonuyla çalışıyorlardı! Rakamlar resmen insanın başını döndürüyordu. Şirketi artık çok uluslu bir şirkete dönüşmüştü. İş insanı ilk başlarda herkesin bu girişimini çılgınca bulduğunu ve alay ettiğini itiraf ediyordu. Ancak şirketi zamanla büyüyüp zenginleşmişti. Bugün artık beş yüz elemanı ve üç ayrı kıtada atölyeleri olan, üstelik dünyadaki saç pazarının yüzde seksenini karşılayan bir işletme hâline geldiğini gururla anlatıyordu.

Giulia şaşkınlık içindeydi. Bu İngiliz için her şey çok kolay gibiydi. Onun başardığını Giulia da yapabilecek miydi? Böyle bir başarıya nasıl ulaşacaktı? Kim oluyordu da böylesine bir projenin altından kalkabileceğini sanıyordu? Küçücük atölyeyi endüstriyel bir şirkete dönüştürmek ütopik değil miydi? Oysa İngiliz bunu başarmıştı. O yapabildiğine göre Giulia da başaramaz mıydı?

Her şeyin ötesinde, Giulia'nın içini kemiren bir soru vardı: Babası böyle bir şeye ne derdi? Giulia'yı bu konuda destekler miydi? Babası daima büyük düşünmek, girişken ve gözü pek olmak gerektiğini söylerdi. Bununla birlikte, köklerine ve kimliğine de fazlasıyla düşkün bir adamdı. Önüne gelene atölyedeki saçları gösterip "Sicilyalıların saçları," diyordu gururla. Bunu değiştirmek, babasına ihanet etmek olmaz mıydı?

Giulia bürodaki, babasının ve büyükbabasının fotoğraflarının yanında duran kendi fotoğrafını düşündü. Lanfredi atölyesinin başına geçen üç kuşağın fotoğrafı yan yana duruyordu. Asıl ihanet, yenilgiyi kabul etmek olacaktı. Büyükbabasının ve babasının hayatlarını adadıkları mesleğin yok olmasına göz yummaktan daha büyük bir ihanet olabilir miydi?

Giulia birden inanmak istedi. Borçlar yüzünden boğulmayacaklarına, atölyenin sonunun gelmediğine, Gino Battaglio-la'yle evlenmek zorunda kalmayacağına... Kamal'in fikri bulunmaz nimet, büyük bir şanstı; Tanrı'nın bir lütfuydu âdeta. Giulia babasının bürosundaki o çekmeceyi açtığı gün bunun tıpkı *Costa Concordia* felaketine benzediğini düşünmüştü, ancak şimdi zifiri karanlığın içinden çıkan bir gemi, yardımlarına gelerek can simidi atıyordu.

Sonra Kamal'i düşündü. Santa Rosalia Bayramı'nda ona rastlamasının bir tesadüf olmadığını anladı. Kamal o gün oraya Giulia için gönderilmişti. Tanrı dualarını duymuş ve kabul etmişti.

Beklediği işaret, ümit ettiği mucize gerçekleşmişti.

Smita

Tirupati, Andra Pradeş, Hindistan

"Tirupati! Tirupati!"

Vagonun içinde bir adam aniden bağırmaya başlamıştı. Frenin raylar üzerinde çıkardığı gıcırtıya bakılırsa tren birazdan Tirupati Garı'na girecekti. Tren durur durmaz elleri kolları örtülerle, çantalarla, metal yiyecek kaplarıyla, çeşit çeşit yiyeceklerle, çiçekten kolyelerle dolu olan ve kucaklarında çocuklarını, sırtlarında yaşlılarını taşıyan hacılar; peronu âdeta bir çığ gibi kapladı. Kalabalık aynı anda kutsal dağa doğru yürümeye başladı. Bu insan selinin içinde sürüklenmeye başlayan ve akıntıya karşı savaşması imkânsız olan Smita, Lalita'nın eline yapıştı. Kızını kalabalığın içinde kaybetmekten korktuğu için sonunda onu kucağında taşımaya karar verdi. Gar, içinde on binlerce karıncanın olduğu devasa bir yuvayı andırıyordu. Dediklerine göre her gün elli bin hacı Vishnu'nun tezahürlerinden biri olan "Yedi Dağın Efendisi" Lord Venkateswara'ya dua etmeye geliyordu. Bu rakam dini bayramlarda on katına çıkabiliyordu. Lord Venkateswara, önünde diz çöküp dua eden herkesin dileğini yerine getirme gücüne sahipti. Devasa heykeli, ayaklarının altında uzanan şehre tepeden bakan kutsal dağın zirvesindeki tapınağın içindeydi.

Etrafını saran binlerce ruhun etkisiyle Smita'nın içi de büyük bir coşkuyla dolmuştu. Aynı zamanda büyük bir korkuya da kapılmıştı. Ona tamamen yabancı olan, ancak buna rağmen onunla aynı coşkuyu paylaşan bu kalabalığın ortasında kendini çok küçük ve önemsiz hissetmişti. Hepsi buraya daha iyi bir yaşam umuduyla ya da bir erkek çocuğu, yakınlarına şifa, bereketli bir hasat, mutlu bir evlilik dileklerini yerine getiren Tanrı'ya şükranlarını sunmak amacıyla geliyordu.

Bazı hacılar kırk dört rupi karşılığı onları dağın tepesine çıkaracak otobüslere binmeyi tercih ediyordu. Oysa herkes biliyordu ki gerçek hac eylemi dağın tepesine yürüyerek çıkmayı gerektirirdi. Smita onca yolu işin kolayına kaçmak için tepmemişti. Geleneğe bütünüyle uymak amacıyla önce kendi sandaletlerini, sonra da Lalita'nın ayağındakileri çıkardı. Pek çok hacı da onları tapınağın kapısına kadar götürecek olan merdivenleri çıkmaya başlamadan önce, tevazularının bir göstergesi olarak, Smita gibi ayakkabılarını çıkarmıştı. Merdivenlerin yakınında, yerde oturan bir meyve satıcısı, "Tam üç bin altı yüz basamak var, yani on beş kilometrelik bir yol ve üç saatlik zorlu bir çaba!" diye belirtti. Smita, Lalita için endişelenmeye başladı; çocuk zaten yorgundu, o rahatsız ve tıklım tıklım dolu trende çok az uyumuştu. Ancak ne olursa olsun artık geri dönemezlerdi. Merdivenleri yavaş yavaş çıkacaklardı, gerekirse bütün günlerini alabilirdi. Vishnu onları korumuş, buraya kadar gelmelerini sağlamıştı. Ona bu kadar yaklaşmışken vazgeçmeye hakları yoktu. Smita elindeki birkaç rupi ile Hindistan cevizi aldı ve Lalita da kıtlıktan çıkmış gibi, büyük bir iştahla yedi. Hindistan cevizlerinden bir tanesini gelenek olduğu üzere merdivenlerin ilk basamağında kırarak Tanrı'ya sundular. Bazıları her basamağa ufak bir mum yakıp bırakıyordu. Tapınağa kadar iki büklüm olmuş hâlde çıkmak büyük bir cesaret ve çok güçlü bir irade gerektiriyordu. Bazıları da merdivenleri suya karıştırdıkları, basamaklara göz alıcı bir sarı ve kızıl renk veren boyalarla boyuyordu. Aşırı dindar ve muazzam bir iradeye sahip olanlar ise dizleri üzerinde çıkıyorlardı. Smita her basamakta yüzlerini acıyla buruşturarak dizlerinin üzerinde çıkmaya çalışan bir aile gördü. Gıpta ederek, *Ne büyük bir özveri*, diye geçirdi içinden.

Lalita yolun daha ilk çeyreğinde yorulduğunu söyledi. Biraz su içmek ve dinlenmek için kısa aralıklarla mola vermeye başladılar. Bir saatlik yürüyüşten sonra Lalita'nın adım atacak hâli kalmamıştı. Smita kızının cılız bedenini sırtına alıp tırmanışına devam etti. Kendisi de oldukça sıska olmasına ve artık gücünün sonuna gelmesine rağmen bütün dikkatini hedefine, birazdan önünde duracağı sevgili Tanrı'sına vererek ilerlemeye devam etti. Smita merdivenin en tepesine kadar çıkıp önünde dua edebilmesi için Vishnu'nun bugün gücüne güç kattığını düşündü.

Smita tırmanışını bitirdiğinde Lalita uzun bir süredir annesinin sırtında uyuyordu. Biraz soluklanmak için tapınağın kapılarından birinin önüne oturdu. Etrafı yüksek duvarlarla çevrili olan tapınağın ortasında, Dravidyan mimari özellikleri taşıyan beyaz granit taşından dev gibi bir kule gökyüzüne yükseliyordu. Daha önce hiç böyle bir şey görmemişti. Tirumala tek başına bir dünya gibiydi, burada bir şehirdekinden çok daha fazla insan vardı. Gelenekler gereği ne içki ne sigara ne de et satılıyordu. İçeriye biletle giriliyordu ve yaşlı bir hacı, Smita'ya en ucuz biletin on iki rupi tuttuğunu söylemişti. Ara sıra ardında bir yüzün belirdiği gişelerin önü insan doluydu. Smita o an katettiği zorlu yolun, onları bekleyen güçlüklerin yanında bir hiç olduğunu anladı. Tapınağa girebilmek için saatlerce beklemeleri gerekecekti.

Saat bir hayli ilerlemiş, gece olmaya başlamıştı. Smita'nın dinlenmeye ihtiyacı vardı. Biraz uyuması, uyuyamasa da en azından bunu denemesi gerekiyordu. Tapınağın kapısının önüne yığılmış çok sayıdaki çiçek ve turistik eşya satıcılarının arasından bir adam yanına yaklaştı. Smita'nın yüzündeki çaresizliği ve bıkkınlığı fark etmişti. Hacılar için bedava yatakhaneler olduğunu söyledi. İsterse ona yolu gösterebilirdi. Adam Smita'yı alıcı gözle süzdükten sonra bakışlarını Lalita'ya dikti. Ufak bir iyilik karşılığı onları yatakhaneye kadar götürebilirdi. Smita kızının elinden tutup hızla sapığın yanından uzaklaştı. Pek bir cana yakın görünüyordu oysa, hatta melek yüzlü olduğu bile söylenebilirdi. Geceyi dışarıda geçirmek zorunda kalacaklarını düşününce içi korkuyla ürperdi, yapayalnız iki kadın kurtlara kolay yem olurdu. Geceyi geçirecek bir yer bulmaları gerekiyordu. Bu bir ölüm kalım meselesiydi. Uzun, sarı giysisi içinde yol kenarında oturan bir Sadu*, Smita'ya yolu gösterdi.

Gittikleri ilk yatakhane kapalıydı, ikincisi ise dolu. Üçüncü yatakhanenin kapısındaki yaşlı kadın tek bir boş yatak kaldığını söyledi. Hiç önemli değildi. Smita ile Lalita o kadar çok şey paylaşmışlardı ki artık neredeyse tek bir kişiye dönüşmüşlerdi. Zemine yan yana sıralanmış şiltelerin üzerinde, dışarının bütün gürültüsüne rağmen derin bir uyku çeken hacılarla dolu, harap bir koğuşa girdiler.

---

* Sadu, kendisini dünya nimetlerinden soyutlamış yogiler için kullanılan terimdir. (*e.n.*)

Sarah

Montreal, Kanada

Sarah tam üç gündür yataktan çıkmamıştı.

Bir gün önce doktorunu arayıp bir istirahat raporu yazmasını istemişti. Kariyeri boyunca ilk defa böyle bir şey yapıyordu. İşe gitmek istemiyordu. Bütün o ikiyüzlülüğe, maruz kaldığı ayrımcılığa artık tahammül edemiyordu.

İlk önce bunu görmeyi reddetmiş, inanmamıştı. Ardından içini büyük bir kızgınlık ve kontrol edilemez bir öfke kaplamıştı. Daha sonra öfke yerini âdeta hiçbir çıkışı olmayan, uçsuz bucaksız bir çöle benzeyen yılgınlığa bırakmıştı.

Sarah hayatı boyunca kendi seçimlerini yapmış, hayatının efendisi olmuştu. O orada, şirkette "hâkim pozisyonda olan, kararlar alan ve aldığı kararları uygulatan kişi"ydi. Ancak kısa bir zaman önce başkalarının aldığı kararları uygulayan kişi konumuna düşmüştü. Tıpkı kocasının kendisinden beklediği bir şeyi veremediği için; beceriksiz, yetersiz olduğunu düşündüğü için boşadığı bir kadın gibi ihanete uğramış hissediyordu.

Cam tavanı dahi delmeyi başaran Sarah bugün, sağlıklı insanlarla; bundan böyle ait olduğu sağlıksız, zayıf, kırılgan insanları birbirinden ayıran o görünmez duvara çarpmıştı.

Johnson ve meslektaşları onu diri diri gömüyorlardı. Bedenini bir çukura attıktan sonra üzerini kürek kürek gülücükle, sahte sevecenlikle örtüyorlardı. Artık profesyonel anlamda ölmüştü. Bunu biliyordu. Tıpkı bir rüya gibi, elinden hiçbir şey gelmeden kendi cenazesine eşlik ediyordu. Ne kadar bağırsa, tabutun içinde ve hâlâ canlı olduğunu haykırsa da kimsenin sesini duyduğu yoktu. Zulüm gitgide uyanıkken gördüğü bir kâbusa dönüşüyordu.

Herkes yalan söylüyordu. Herkes "Güçlü ol", "Kurtulacaksın", "Seninleyiz" diyor ancak davranışları tam tersini söylüyordu. Herkes onu yüzüstü bırakmıştı. Tıpkı hurdaya çıkmış bir eşya gibi fırlatıp atmışlardı.

Her şeyini, bütün hayatını işine adayan Sarah; bugün verimlilik, kârlılık ve performans sunağında feda ediliyordu. "Ya yaparsın ya ölürsün" hesabı... Yapamıyordu, öyleyse ölsündü.

Planı işlememişti. Etrafına ördüğü duvar Inès ile Curts'ün hırsları ve Johnson'ın onayıyla yıkılmıştı. Sarah Johnson'ın onu savunacağını, en azından bunu deneyeceğini düşünmesine rağmen o acımadan sırtını dönmüştü. Johnson onu ayakta tutan, ona her sabah yataktan çıkma gücü veren tek şeyi elinden almıştı: sosyal benliğini, profesyonel hayatını, bu dünyada yeri olan bir insan olduğu duygusunu.

En çok korktuğu şey sonunda gerçekleşmişti: Sarah kanserine dönüşmüştü! Tümörü kendisiydi artık. İnsanlar ona baktıklarında kırk yaşında, zeki, zarif, başarılı bir kadın değil; sadece hastalığını görüyorlardı. İnsanların gözünde artık hasta bir avukat değil, avukat bir hastaydı. Aradaki fark çok büyüktü. Kanser, insanları korkutuyordu. Herkesten uzaklaştırıp yalnızlığa itiyordu. Ölüm kokuyordu. İnsanlar kanserli birini görünce gözlerini kaçırıp başlarını çevirmeyi tercih ediyordu.

Sarah, toplum tarafından dışlanmış bir "Dokunulmaz"dı bundan böyle...

Bu yüzden büroya, onu ölüme terk ettikleri o arenaya geri dönmeyecekti. Onun yere düştüğünü görmeyeceklerdi. Kendini herkesin önünde teşhir etmeyecek, aslanlara yem olmayacaktı. Her şeyini almış olsalar da onurunu alamamışlardı. Hâlâ "hayır" deme özgürlüğüne sahipti!

Bu sabah Ron'un hazırlayıp yatağına kadar getirdiği kahvaltıya elini sürmedi. Onu öpmek için gelip yorganın altına giren ikizlerin kıvrak ve sıcak bedenlerini hissettiğinde tepki vermedi. Annesini yataktan çıkarmak için yalvarmak dahil her şeyi deneyen Hannah, akşam eve döndüğünde onu sabah bıraktığı gibi bulacağını biliyordu.

Sarah günlerini yatakta marazi bir uyuşukluk, gittikçe büyüyen bir hissizlik içinde geçiriyordu. Usulca dünyanın uzağına sürükleniyordu. Şu son birkaç haftanın filmini tekrar tekrar başa sarıp izliyor, olayların akışını değiştirmek için ne yapılması gerektiğini kendine sorup duruyordu. Kuşkusuz yapabileceği hiçbir şey yoktu, zira oyuna dahil bile edilmemişti. Oyun bitmişti. Sona gelinmişti.

Hayatına her şey yolundaymış, hiçbir şey değişmemiş gibi yaparak devam edebileceğini; rotasını koruyabileceğini, "-mış gibi" yapmayı sürdürebileceğini sanmıştı. Hastalığını da bir dava dosyası gibi çalışkan, iradeli ve metodik bir biçimde ele alabileceğini düşünmüştü ancak bu yeterli olmamıştı.

Uykuyla uyanıklık arasında yattığı yerde, iş arkadaşlarının onun ölüm haberini aldıklarında nasıl tepki vereceklerini hayal etmeye çalıştı. Korkunç bir fikir olmasına rağmen bunu düşünmek hoşuna gitmişti. Tıpkı üzgünken melankolik bir şarkı dinlemek gibiydi. Ağlak suratlarını, sahte üzüntülerini şimdiden görebiliyordu. "Kötü huylu bir tümördü," diyeceklerdi, "zaten kurtulamayacağını biliyordu..." "Yapacak bir şey yoktu," diyeceklerdi ya da daha da kötüsü, "Çok fazla beklemişti," diyerek başına gelenden onu sorumlu tutacak, hatta suçlayacaklardı. Oysa gerçek çok başkaydı. Sarah Cohen'i öldüren, için için kemiren şey sadece bedeninin kontrolünü tamamen ele geçirmiş olan acımasız bir tümör değildi. Hayır, onu asıl öldüren şey, sahip olduğu ünde Sarah'nın çok fazla emeği olan hukuk bürosundaki meslektaşları tarafından yüzüstü bırakılmış olmaktı. O hukuk bürosu Sarah'nın yaşama nedeni, hayatının anlamı, Japonların tabiriyle *ikigai*'siydi. Sarah orası dışında bir yaşam düşünemiyordu. Onsuz özünü yitirmiş, bomboş bir varlıktı.

Bu kadar saf olabildiğine inanamıyordu. Hastalığının işlerini etkilemesinden korkarken çok daha acımasız bir gerçekle yüzleşmişti. Hukuk bürosu onsuz da gayet iyi işlemeye devam ediyordu. Herkes yerine geçmek için birbiriyle yarışacak, odası ve otoparktaki yeri başka birine verilecekti. Sarah bu düşünceyle yıkıldığını hissetti.

Sarah'nın durumundan endişe duyan doktoru ona antidepresan ilaç yazdı. Doktorun söylediğine göre ağır bir hastalığa yakalanan kişilerin depresyona girmesi doğal bir tepkiydi. Ancak bu, tedavisini olumsuz yönde etkileyen bir faktördü. Toparlanması şarttı. Sarah içinden "Aptal," diye geçirdi. Hasta olan o değildi. Asıl hasta olan ve tedavi edilmesi gereken toplumdu. Toplum zayıfları korumak, yanlarında olmak yerine tıpkı yaşlı filleri bir başlarına ölüme terk eden fil sürüleri gibi onlara arkasını dönüyordu. Hayvanlar hakkındaki bir çocuk kitabında bir gün "etobur hayvanların, zayıf ve hasta hayvanları yiyerek tabiata fayda sağladıklarını" okumuştu. Kızı bunu duyunca birden ağlamaya başlamıştı. Sarah kızını yatıştırmak için "bu tabiat yasasının insanlar için geçerli olmadığını" söylemişti. O zamanlar hâlâ sınırın güvenli tarafında, medeni bir dünyada yaşadığını zannediyordu. Ancak fena hâlde yanılmıştı...

Bu durumda istedikleri kadar antidepresan ilaç yazabilirlerdi ancak ilaçlar bir şeyi değiştirmeyecekti. Daima kafasını suya batıracak bir Johnson ve Curst olacaktı.

Aşağılık herifler!

Çocuklar okula gitmiş ve ev yeniden sessizliğe bürünmüştü. Sarah yataktan çıktı. Bu sabah ancak yatağından banyoya gidebilecek güce sahipti. Aynadaki yüzü kâğıt gibi bembeyazdı, cildi o kadar incelmişti ki ışık âdeta derisini delip geçiyordu. Kaburgaları çıkmış, bacakları kibrit çöpü gibi incecik kalmış, en ufak bir harekette kırılacakmış gibi duruyorlardı. Hastalıktan önce kavisli bacakları, şık kesimli tayyörlerin kıvrımlarını mükemmel bir biçimde ortaya koyduğu güzel kalçaları vardı. Göğüsleri ise tam bir baştan çıkarma silahıydı. Sarah çekici bir kadındı. Elde edemeyeceği erkek yoktu. Kaldı ki pek çok macerası olmuştu. Hatta iki kocasıyla büyük aşk yaşamış, özellikle de ilk kocasını çok sevmişti. Bu solgun yüzü, cılız bedeni ve üzerindeki çarşaf gibi bol eşofmanla bugün artık onu kim güzel bulabilirdi? Hastalık bedenini için için yiyip bitiriyordu, yakında on iki yaşındaki kızının giysilerini giymeye başlayacaktı. Evet, sonunda olacağı buydu, çocuk giysileri giyecekti. Bu durumdayken kimin, hangi erkeğin gözünde bir kıvılcım yaratabilirdi? O an içinden, "Yeniden bir erkeğin kollarında olmak için dünyaları verirdim," diye geçirdi. Birkaç saniye için de olsa, bir erkeğin kollarında kendini yeniden kadın gibi hissetmek gerçekten de çok güzel olurdu.

Başta itiraf edemese de memesinin alınmasına aslında çok üzülmüştü. Her zaman yaptığı gibi, hiçbir şey olmamışçasına bu durumu kendinden uzak tutmak için konunun üzerini örtmüştü. "Önemli değil," demişti, "estetik cerrahi mucizeler yaratıyor artık." Oysa bu iki kelime, kulağına çok çirkin gelmişti: *Memesinin alınması.* Cezayı, saldırıyı, kesip atmayı, yok etmeyi çağrıştıran iki kelimeydi bu. Belki iyileşmeyi de... Şansı yaver giderse tabii. Bunu kim garanti edebilirdi? Hannah hastalığını öğrendiğinde çok üzülmüştü. Bir süre durup düşündükten sonra, "Anne, sen bir Amazon kadınısın," demişti. Sarah bir süre önce Hannah'nın "Amazon kadınları" hakkında bir sunum hazırlamasına yardım etmişti. Konuyu hatırlıyordu: "Amazon: Yunancadaki *mazos* (meme) kelimesinden türemiştir. Önündeki *a* harfi 'yoksun' anlamına gelmektedir. Antik Çağ'da yaşayan bu kadınlar, ok kullanımını kolaylaştırmak amacıyla sağ memelerini kesiyorlardı. Hem korku hem de saygı duyulan savaşçı bir halk olan Amazon kadınları, üremek için diğer halkların erkekleriyle çiftleşiyor ancak doğan çocukları tek başına büyütüyorlardı. Ev işlerinde erkekleri kullanıyor, katıldıkları savaşların neredeyse tümünden galip çıkıyorlardı..."

Ancak Sarah maalesef bu savaşı kazanacağından emin değildi. Yıllardır hırpaladığı, görmezden geldiği, ihmal ettiği, hatta bazen aç bıraktığı –ne uyumaya ne de yemek yemeğe vakti vardı– bedeni bugün ondan intikam alıyor; varlığını zalimce hatırlatıyordu. Bugün karşısında durduğu aynanın acımasızca ona yansıttığı imaj; Sarah'nın bir gölgesinden, bir müsveddesinden, solgun bir yansımasından başka bir şey değildi.

Sarah'yı her şeyin ötesinde üzen başka bir konu da saçlarıydı. Avuç avuç dökülüyorlardı. Onkoloğun karanlık öngörüsü doğru çıkmıştı. Kemoterapinin ikinci seansında saçlarının dökülmeye başlayacağını söylemişti. Sarah sabah uyandığında yastığının üzerinde onlarca saç bulmuştu. Her şeyden çok da bundan korkuyordu. Saçların dökülmesi, hastalığın ete kemiğe bürünmesi anlamına geliyordu. Kel bir kadın, hasta bir kadındı. Üzerindeki muhteşem kazağın, ayağındaki topuklu ayakkabıların, elindeki son moda çantanın hiçbir önemi yoktu çünkü herkes sadece kelliğini görecekti. Bu kel kafa bir itiraf, bir ifşa, bir acıydı. Sarah kel bir erkeğin bazen seksi olarak algılanabilecekken, kel bir kadının daima hasta olarak algılandığını düşündü.

Sonuçta kanser işini, dış görünüşünü, kadınlığını; kısacası sahip olduğu her şeyi elinden almıştı.

Sarah aynı hastalığa yenik düşen annesini hatırladı. Yatağına geri dönüp sessizce ölümü bekleyebileceğini, toprağın altına girip sonsuza kadar annesinin yanında yatabileceğini düşündü. Bu düşünce her ne kadar içini rahatlatsa da korkunçtu. Sadece bazen, her şeyin bir gün sona ereceğini, en büyük acıların dahi bir gün biteceğini düşünmek insanı rahatlatıyordu.

Annesini düşündüğünde aklına ilk gelen şey şıklığı oluyordu. En güçsüz olduğu zamanlarda bile evden asla makyajsız çıkmaz; saçları her daim yapılı, tırnakları ojeli olurdu. Tırnakları onun için çok önemliydi ve Sarah'yı, "Ellerin hep bakımlı olsun," diye tembihlerdi. Pek çok insan bunun boş ve önemsiz bir konu olduğunu düşünse de annesi için bu, "Hâlâ bakımıma özen gösteriyorum," demekti. "Çalışan, işi başından aşkın, sorumlulukları olan, üç çocuğu ve bir kanseri olan bir kadınım. Her gün eriyorum ancak hiçbir şeyden vazgeçmedim, henüz ölmedim, hâlâ hayattayım, hâlâ saçımdan tırnak uçlarıma kadar bakımlı ve dişiyim, hâlâ buradayım," demekti.

Sarah aynanın karşısında, seyrelmiş saçlarına ve yıpranmış tırnaklarına baktı.

O an içinde, en derininde bir şeylerin titrediğini hissetti. Âdeta küçücük bir parçası ölüme mahkûm olmayı reddediyordu. Hayır, ölmeyecekti! Yaşamaktan vazgeçmeyecekti!

O bir Amazon kadınıydı. Bir dövüşçü, bir savaşçıydı o! Bir Amazon kadını kendini böyle bırakmazdı, son nefesine kadar savaşmaya devam ederdi! Bir Amazon kadını asla ama asla vazgeçmezdi!..

Kavgaya geri dönmek, bıraktığı yerden savaşa devam etmek gerekiyordu. Annesi için, kızı için, ona ihtiyaç duyan oğulları için savaşması gerekiyordu. Bugüne kadar verdiği savaşlar için mücadeleye devam etmesi gerekiyordu. Bir daha o yatağa yatmayacak; kendini, kollarını açmış onu beklemekte olan ölüme teslim etmeyecekti. Toprağın altına girmeyecekti. Bugün bunu reddediyordu!

Aceleyle giyindi. Saçlarını saklamak için dolaptan bir bere kaptı. Eline, üzerinde bir süper kahramanın resmi olan bir çocuk beresi geldi. Hiç önemi yoktu, en azından sıcak tutardı.

Bu şekilde evden çıktı. Dışarıda kar yağıyordu. Mantosunun altına üç kat kazak giymişti. Bu kılıkta küçücük görünüyor, kalın yününün altında ezilmiş bir İskoçya koyununu andırıyordu.

Yola koyuldu. Kararını vermişti, bugün yapacaktı.

Nereye gittiğini çok iyi biliyordu.

Giulia

Palermo, Sicilya

"İtalyanlar, İtalyanların saçlarından başkasını istemiyor."

Giulia bu cümleyle başına balyoz yemiş gibi oldu. Annesi ve kız kardeşlerini evin salonunda toplamış, atölyeyi batmaktan kurtarmak amacıyla Hindistan'dan saç ithal etme projesinden bahsetmişti.

Fikrini onlara açmadan önce bir plan geliştirmek için gece gündüz demeden çalışmıştı. Pazar araştırması yapmış ve bu iş yatırım gerektireceğinden bankaya sunmak üzere bir dosya hazırlamıştı. Uykusundan feragat ederek durmadan çalışmıştı ancak bu hiç sorun değildi. Âdeta kutsal bir görevi yerine getiriyormuş gibi hissediyordu. İçini dolduran bu ani enerji ve güvenin kaynağını bilmiyordu. Kamal'in iyilik dolu varlığından mı? Ya da komadaki babası, gücü ve inancını ona mı aktarıyordu? Giulia kendini dağları yerinden oynatacak kadar, Apenin Dağları'nı sırtına alıp da Himalayalar'ın tepesine çıkaracak kadar güçlü hissediyordu.

Giulia'yı ilgilendiren, bu yolla elde edeceği kazanç değildi. İngiliz iş insanının övünerek anlattığı milyon dolarlık serveti umurunda bile değildi. Giulia'nın ne havuza ne de helikoptere ihtiyacı vardı. Onun tek istediği babasının atölyesini iflastan kurtarmak ve ailesini güvence altına almaktı.

Annesi yürümeyeceğine inanıyordu. *Cascatura*, atadan kalma bir gelenekti ve Lanfredi atölyesi de ezelden beri Sicilyalıların saçlarını kullanıyordu. Gelenekleri çiğnemenin faturası ağır olabilirdi.

Giulia gelenekleri korumak isterken batacaklarını söyledi. Hesaplar apaçık ortadaydı, en fazla bir ay sonra atölyeyi kapatmak zorunda kalacaklardı. Yeni bir üretim zinciri geliştirmek, dışarıya açılmak gerekiyordu. Dünyanın değiştiğini kabul etmek ve onunla birlikte değişmek elzemdi. Değişimi reddeden pek çok aile şirketi birbiri ardına kapanıyordu. Artık büyük düşünmek, sınırların ötesine geçmek gerekiyordu çünkü bu bir var olma savaşıydı! Ya gelişimi kabul edecek ya da yok olacaklardı, başka bir seçenekleri yoktu. Giulia büyük bir coşkuyla konuşuyordu. Birden kendini büyük bir mahkeme salonunda çok önemli bir davayı savunan bir avukat gibi hissetti. Toplumun seçkin kesiminden, kültürlü insanlara mahsus olan avukatlık mesleği onu daima büyülemişti. Lanfredi ailesinde avukat yoktu, herkes işçiydi. Ancak Giulia büyük davaları savunan güçlü ve saygın bir kadın olmayı çok isterdi. Ara sıra bu düşünce aklına gelse de hemen, bir köşede unutulmuş hayallerin arasındaki yerine geri dönüyordu.

Giulia hararetli bir biçimde pek çok uzmanın Hintlilerin saç kalitesini onayladıklarından bahsetti. Asyalıların saçları fazla dirençli, Afrikalıların saçları çok kırılgandı. Hintlilerin saçı ise hem dokusu hem boyanabilir olma özelliği açısından en iyisiydi. Beyazlatılıp istenen renge boyandıktan sonra Avrupalıların saçlarından hiçbir farkı kalmıyordu.

Francesca söze girip annesiyle aynı fikirde olduğunu, bu işin asla yürümeyeceğini söyledi. İtalyanlar ithal saç kullanmayı kabul etmezdi. Giulia ablasının bu sözlerine şaşırmadı çünkü Francesca oldum olası o her şeyden kuşku duyan, karamsar, dünyaya kapkara gözlüklerle bakan ve düşünmeden, baştan reddeden insanlardan biri olmuştu. Böyle insanlar harika bir manzaranın ortasında göz tırmalayan bir detayı, güzel bir masa örtüsünün üzerindeki ufacık lekeyi görür; sanki hayata bir tek bu amaçla gelmişler gibi en ufak bir pürüz bulmak için sürekli hayatı didik didik ederlerdi. Ablası Giulia'nın tam tersiydi, âdeta onun negatif fotoğrafı gibiydi. Giulia ne kadar parlaksa, o da o kadar soluktu.

Giulia, İtalyanlar ithal saç istemezlerse o zaman başka pazarlara açılabileceklerini söyledi. Örneğin Amerika ya da Kanada'ya ihraç edebilirlerdi. Dünya büyüktü ve her yerinde saça ihtiyaç vardı! Kaynak, postiş ve peruk pazarı çok hızlı gelişen bir sektördü. Hiçbir şey yapmadan boğulmayı beklemek yerine dalgayı yakalamak gerekiyordu.

Her şeye rağmen kuşkularından ve karamsarlığından vazgeçmeyen ablası lafını sakınmadan Giulia'yı sorgulamaya başladı: Hayatında İtalya'nın dışına çıkmamış, hatta uçağa bile binmemiş Giulia bunu nasıl yapacaktı acaba? Bütün ufku Palermo Körfezi'yle sınırlıyken böyle bir mucizeyi nasıl gerçekleştirecekti?

Ancak Giulia bu hayalini gerçekleştirebileceğine inanıyordu. İnternet sayesinde artık mesafeler ortadan kalkmış, dünya tıpkı çocukken sahip oldukları ışıklı küre gibi avuç içi kadar küçülmüştü. Hindistan neredeyse kapı komşuları olmuştu. Fiyatları detaylı bir biçimde araştırmıştı, saç piyasasını iyi biliyordu ve bu imkânsız bir plan değildi. Sadece cesaret etmek ve inanmak yeterliydi ki Giulia'da ikisi de vardı.

Adela bir şey söylemeden bir köşede oturmuş, ablalarının tartışmalarını uzaktan seyrediyordu. Zaten ne olursa olsun asla taraf tutmaz, kimin ne yaptığıyla hiç mi hiç ilgilenmezdi. Tek kelimeyle, tam bir ergendi.

Francesca atölyeyi kapatıp satmaktan başka çareleri olmadığını söyledi. En azından böylece evin ipoteğinin bir kısmını ödeyebilirlerdi. Giulia ablasına, sonra neyle geçineceklerini sordu. İş bulmanın kolay olacağını mı zannediyordu? Peki ya işçilerin sonrasında ne yapacağını düşünmüş müydü? Yıllarca onlar için çalışmış onca kadının geleceği ne olacaktı?

Konuşma açıkça tartışmaya dönüşmeye başlamıştı. Anneleri araya girip sesleri evin içinde çınlayan kızlarını ayırmak zorunda olduğunu biliyordu. Kızları zaten hiçbir zaman birbirlerini anlamamış, hiçbir zaman anlaşamamışlardı. Maalesef bu, acı bir gerçekti. Hayatları boyunca her konuda çatışmışlardı ancak bu sefer aralarındaki anlaşmazlık doruğa çıkmıştı. Bir karar vermek ve bu tartışmayı noktalamak ona düşüyordu.

İşçilerin geleceğini düşünmek gerektiğini, çünkü bunun hem bir onur hem de bir saygı meselesi olduğunu söyledi. Ancak Francesca bir konuda haklıydı: İtalyanlar yerli saç istiyordu.

Annesi bu cümleyle Giulia'nın planının ölüm çanını da çalmış oldu.

Giulia yıkılmış bir hâlde kendini evden dışarı attı. Planını gerçekleştirmek için savaşması gerekeceğini biliyordu ancak bu kadar şiddetli bir itirazla karşılaşacağını hiç düşünmemişti. Akşamdan kalmış gibi hissediyordu; başı ağrıyor, midesi bulanıyordu. Annesinin ve kız kardeşlerinin onayı olmadan atölye için bir şey yapabilmesi mümkün değildi. Bütün ümitlerini yerle bir etmişlerdi. İçindeki o büyük coşku kaybolmuş, yerini kuşku ve endişeye bırakmıştı.

Giulia hastaneye gidip babasının yanına sığınmaya karar verdi. Babası olsa bütün bunlara ne derdi? Ne yapardı?

Kendini onun kollarına atıp küçük bir çocuk gibi ağlamak istiyordu. İnancını kaybetmek üzereydi, ne yapması gerektiğini bilmiyordu. Planını devam mı ettirmeli, yoksa gömmeli miydi? Yavaş yavaş ölmeye yüz tutmuş gelenekler adına, aklın sunağında yakmalı mıydı? Günlerdir uyumayan Giulia birden o kadar yılgın, bitkin ve bıkkın hissetti ki babasının yanına kıvrılıverdi. İçinden onun gibi yüz yıl uyumayı diledi.

Gözlerini kapattı.

Birden kendini çatıda, laboratuvarda buldu. Babası eskiden yaptığı gibi yüzü denize dönük olarak oturuyordu. Acı çekiyor gibi görünmüyordu. Yüzünde kaygısız ve huzurlu bir ifade vardı. Kızını görünce sanki onu bekliyormuş gibi gülümsedi. Giulia gidip yanına oturdu. Ona bütün kaygılarını, üzüntülerini, içini saran çaresizliği anlattı. Atölye için ne kadar üzgün olduğunu söyledi.

Babası Giulia'ya, kimsenin onu yolundan caydırmasına müsaade etmemesini ve inancını kaybetmemesini tavsiye etti. Kızının çok iradeli olduğunu, onun gücüne ve kapasitesine sonuna kadar güvendiğini, azimli olmasını, asla vazgeçmemesini söyledikten sonra hayatın onun için büyük planları olduğunu ekledi.

Giulia aniden odanın içinde yankılanan büyük bir gürültüyle sıçrayarak daldığı uykusundan uyandı. Orada, babasının yanında, hasta yatağında uyuyakalmıştı. Babasını hayata bağlayan makineler aniden ötmeye başlamış ve hemşireler koşarak odaya dalmışlardı.

Tam o esnada babasının parmaklarını oynattığını hissetti.

Smita

Tirupati Tapınağı, Andra Pradeş, Hindistan

Gün, Tirumala Dağı'nın ardından doğmaya başlamıştı.

Smita'yla Lalita, hacıların tapınağın kapısının önünde oluşturdukları kuyruğa katıldılar. Yanlarına yaklaşan bir çocuk onlara kuruyemiş ve sütle yapılan bir hamur işi olan *ladoo* ikram etti. Çocuk *ladoo*'ların bizzat Tanrı tarafından belirlenen ölçü ve malzemelerle yapıldığını belirtti. Hacılara ikram etmek için babadan oğula rahip olan *achaka*'lar tarafından tapınağın içinde pişiriliyordu. Onları yemek, arınma işleminin ayrılmaz bir parçasıydı. Smita Tanrı'nın bir lütfu olan bu nimet için şükretti. Birkaç saatlik uyku ve tatlı *ladoo*'lar sayesinde biraz canlanmış, kendini her şeyini adamaya hazır hissediyordu. Lalita'ya içeride onları neyin beklediğini henüz söylememişti. Zenginler Lord Venkateshwara'ya yiyecekler, çiçekler, mücevherler, altınlar, değerli taşlar sunarken fakirler de sahip oldukları yegâne zenginlik olan saçlarını sunuyorlardı.

Binlerce yıllık bir gelenekti bu. Tanrı'ya saçlarını vermek; insanın onun huzuruna her türlü egodan arınarak en mütevazı hâliyle, çırılçıplak çıkması anlamına geliyordu.

Smita'yla Lalita tapınağın kapısından geçince binlerce Dalitin günlerce kuyrukta bekledikleri, iki tarafı tel örgüyle kaplı, dar bir koridora girdiler. Kapının önünde oturan bir adam uzun süreceğini, bazen kırk sekiz saat kuyrukta bekleyenler olduğunu söyledi. Parası olanlar bilet alıp öne geçebiliyordu. Bazıları sıralarını kaptırmamak için çoluk çocuk kuyrukta uyuyordu. Smita ile Lalita bu kafes gibi koridorda onlara sonsuz gibi gelen saatlerden sonra nihayet Kalianakata'ya ulaşabildiler. Bu dört katlı devasa binanın içi âdeta bir karınca yuvası gibiydi. Binanın içindeki yüzlerce berber, gece gündüz durmadan saç kesiyordu. Buranın, dünyanın en büyük kuaför salonu olduğu söyleniyordu. Smita saçını kazıtmak için on beş rupi ödemesi gerektiğini öğrenince, hayatta hiçbir şeyin bedava olmadığını düşündü.

Uçsuz bucaksız, devasa salonda erkekler, kucağında bebeği olan kadınlar, çocuklar ve yaşlılar; Vishnu'ya dualar ederek berberin usturasından geçiyordu. Lalita etraftaki kazınmış kafaları görünce korkup ağlamaya başladı. Saçlarını çok seviyordu ve kazıtmak istemiyordu. Onu korumak ister gibi, yolculuk boyunca elinden bırakmadığı bez bebeğini sımsıkı göğsüne bastırdı. Smita, Lalita'ya eğilip usulca kulağına fısıldadı:

"Korkma."

"Tanrı bizimle."

"Saçların yeniden uzayacak. Hatta eskisinden daha güzel olacak."

"Endişelenme. İlk önce ben geçeceğim."

Annesinin yumuşacık sesi Lalita'nın içini biraz rahatlatmıştı. Saçları kazınmış diğer çocukların gülüşerek ellerini kafalarında gezdirdiklerini gördü. Hiç canları yanmış gibi görünmüyorlardı. Aksine, yeni görüntüleri hoşlarına gitmiş gibiydi. Kendi saçlarını da kazıtmış olan anneleri, güneşten ve enfeksiyondan korumak için kafalarına sarı renkli sandal ağacı yağı sürüyordu.

Sıra nihayet onlara geldi. Berber, Smita'ya ilerlemesini işaret etti. Smita imanla ilerledi. Berberin önünde diz çöküp alçak sesle dua etmeye başladı. O an, o devasa binanın içinde Vishnu'ya söyledikleri yalnızca ikisinin arasında kalacak bir sırdı. Bu sadece kendisine ait bir andı. Smita bu anı günlerdir, hatta yıllardır hayal ediyordu.

Berber çevik bir hareketle jilet değiştirdi. Temizlik konusunda son derece titiz olan tapınak yöneticisi, her hacıya ayrı bir jilet kullanılmasını şart koşuyordu. Berberlik, asırlardır nesilden nesile geçen bir aile mesleğiydi. Berber yıllardır her gün aynı hareketleri defalarca tekrar ediyordu; o kadar ki geceleri rüyasında dahi saç kestiğini, bazı gecelerse rüyasında bir saç okyanusunda boğulduğunu görüyordu. Hem kesmesi hem de sonradan toplaması kolay olsun diye Smita'ya saçlarını örmesini söyledi. Suyla ıslattıktan sonra jiletle kazımaya başladı. Lalita endişeli gözlerle annesine baktı, Smita kızına gülümsedi. Vishnu onunlaydı. Burada, yanı başındaydı.

Vishnu onu kutsuyordu...

Smita saçları ayaklarının dibine düşerken gözlerini kapattı. Etrafındaki binlerce insan da tıpkı kendisi gibi, daha iyi bir yaşama sahip olmak için dua ederek bu dünyada sahip oldukları tek şeyi, Tanrı'nın onlara hediye ettiği saçlarını şimdi bu Kalianakata'nın içinde, ellerini kavuşturup yere diz çökerek ona hediye ediyordu.

Smita gözlerini yeniden açtığında kafasının yumurta gibi, dazlak olduğunu gördü. Ayağa kalkarken inanılmaz hafif hissetti. Hiç tanımadığı, baş döndürücü bir duyguydu bu. Bütün bedenini bir ürperti kapladı. Yerde, ayaklarının dibinde simsiyah bir yığın hâlinde duran ve onun daha şimdiden bir hatıraya dönüşmüş bir parçası olan saçlarına baktı. Ruhu ve bedeni tamamen arınmıştı. İçini sonsuz bir huzur kapladı. Tanrı tarafından kutsandığını ve korunduğunu hissetti.

Sıra Lalita'ya gelmişti. Smita yaprak gibi titreyen kızının elinden tuttu. Berber jileti değiştirirken Lalita'nın beline kadar inen örülü saçlarına hayranlıkla baktı. Gür ve ipeksi saçları olağanüstü güzellikteydi. Smita kızının gözlerinin içine bakarak Badlapur'daki kulübenin sunağının önünde defalarca tekrar ettikleri duayı mırıldandı. Hayatlarını düşündü. Evet, bugün yoksul bir hayatları vardı; ancak kim bilir, belki bir gün Lalita'nın bir arabası bile olurdu... Bu düşünce içini büyük bir güçle doldurdu. Güvenle gülümsedi. Bugün burada Tanrı'ya sundukları saçları sayesinde kızı kendisinden daha iyi bir hayata sahip olacaktı.

Kalianakata'dan çıktıklarında gün ışığı gözlerini kamaştırdı. Saçları kesilince anne kızın yüzleri birbirine eskisinden daha çok ve hiç olmadığı kadar benziyordu. Bu hâlde, olduklarından çok daha genç ve zayıf görünüyorlardı. Birbirlerine gülümseyerek el ele tutuştular. Buraya kadar gelmeyi başarmışlardı. Mucize gerçekleşmişti. Smita, Vishnu'nun sözünü tutacağından emindi. Kuzenleri Chennai'de onları bekliyordu. Yarın yepyeni bir hayata başlayacaklardı.

Smita kızının elinden tutup Altın Tapınak'a doğru ilerlerken hiç mi hiç üzgün hissetmiyordu. Hayır, gerçekten üzgün değildi çünkü Tanrı'nın, ona sundukları hediyeyi takdir edeceğinden emindi.

Giulia

Palermo, Sicilya

"O işin başarılmasının imkânsız olduğunu bilmedikleri için başardılar."

Giulia henüz küçük bir çocukken okuyup sevdiği Mark Twain'in bu cümlesini hiç unutmamıştı. Bugün Falcone-Borsellino Havaalanı'nın pistinde, dünyanın öbür ucundan ona ilk kargosunu getiren uçağı heyecanla beklerken yine bu cümleyi hatırladı.

Babası uyanmamıştı. Giulia'nın hastanede yanında uyuyakaldığı ve hayatı boyunca unutmayacağı o tuhaf rüyayı gördüğü gün ölmüştü. Gitmeden önce âdeta veda etmek, "Durma, yap!" demek ister gibi elini sıkmıştı. Babası gitmeden önce bayrağı ona teslim etmişti. Giulia bunu biliyordu. Doktorlar onu hayata döndürmeye çalışırlarken Giulia, ona atölyeyi kurtaracağına dair söz vermişti. Bu sadece ikisi arasında kalacak bir sırdı.

Giulia cenaze törenini babasının çok sevdiği kilisede yapmak istiyordu. Annesi orasının fazla küçük olduğunu, cenazeye katılacak kişilerin oturacak yer bulamayacaklarını iddia ederek karşı çıktı. Pietro çevresinde oldukça sevilen bir insandı, çok fazla dostu vardı, Sicilya'nın dört bir yanından akrabaları gelecekti, hem sonra işçileri de vardı... Giulia bunun önemli olmadığını, babasını gerçekten seviyorlarsa ayakta durabileceklerini söyleyerek kararında diretti. Annesi de sonunda teslim oldu.

Zaten bir süredir kızını tanıyamıyordu. Daima çok uslu, çok olgun, çok uysal olan Giulia; son zamanlarda şaşırtıcı bir biçimde kafasının dikine gider olmuştu. Üzerine, daha önce hiç görmediği bir kararlılık gelmişti. Atölyeyi kurtarma savaşında teslim olmayı reddetmiş, içine düştükleri çıkmazdan kurtulmak için işçiler arasında oylama yapmayı teklif etmişti. Kapanma tehlikesiyle yüz yüze kalan başka yerlerde de daha önce bu uygulamaya gidilmişti. İşçilerin fikirlerini beyan etmeye hakları vardı. Sonuçta bu konu onları da doğrudan ilgilendiriyordu. Annesi hak vermiş, kız kardeşleri de kabul etmişti.

Yaşı ilerlemiş olanların, gençleri etki altında bırakmamaları için gizli oy ilkesini seçmişlerdi. İşçilerin, Hindistan'dan saç ithal ederek atölyeye yeni bir yön vermek ile atölyeyi kapatarak küçük bir prim karşılığı işten çıkarılmak arasında bir seçim yapmaları gerekiyordu. Giulia ilk seçeneğin birtakım riskler içerdiğini de gizlememişti.

Oylama atölyenin büyük salonunda gerçekleşmişti. O gün annesi, Francesca ve Adela da gelmişlerdi. Oy sayımını Giulia bizzat yapmıştı. İşçilerin babasının şapkasına attıkları oy kâğıtlarını titreyen elleriyle tek tek açmıştı. Babasının şapkasını kullanmanın ona son bir saygı göstergesi olacağını düşünmüştü. "Böylece, bugün bir anlamda o da bizimle olacak," demişti.

Üçe karşı yedi oyla ilk seçenek kabul edilmişti. Sevincini saklamakta zorlanan Giulia o anı hayatı boyunca unutamayacaktı.

Sonrasında Kamal aracılığıyla Hindistan'ın Chennai şehrinde yaşayan bir tüccarla iletişim kurdu. Üniversitede işletme okumuş bu adam ülkedeki bütün tapınakları gezip saç satın alıyordu. Çetin bir tüccardı ancak Giulia da çok sıkı bir pazarlıkçıydı. *Nonna* sık sık ona, "*Mia cara*, hayatın boyunca bu işi yapmış gibisin!" diyerek takılıyordu.

Henüz yirmi yaşında atölyenin başına geçen Giulia, mahalledeki en genç girişimciydi. Babasının bürosuna yerleşmişti. Sık sık, babası ve büyükbabasının duvardaki fotoğraflarına bakıyordu. Şimdilik oraya kendi fotoğrafını çerçeveletip asmaya cesaret edemiyordu ancak o gün de gelecekti.

Giulia üzgün hissettiğinde yukarıya, çatıdaki laboratuvara çıkıyordu. Denize karşı oturup babasını düşünüyordu. Babasının bütün bunlara ne diyeceğini, burada olsa ne yapacağını tahmin etmeye çalışıyordu. Yalnız olmadığını, babasının daima yanında olduğunu biliyordu.

Bugün de yalnız değildi, yanında Kamal vardı. Havaalanına birlikte gitmeyi önermişti. Son zamanlarda öğle tatillerinden çok daha fazlasını paylaşmışlardı. Kamal Giulia'ya büyük destek olmuş, bütün fikirlerini ilgiyle dinlemiş; son derece coşkulu, yaratıcı ve girişimci biri olup çıkmıştı. İlk başta sadece sevgilisiyken bugün artık en büyük yardımcısı ve en yakın sırdaşı hâline gelmişti.

Uçak nihayet göründü. Giulia gökyüzünde gittikçe büyüyerek yaklaşan siyah noktaya bakarken bütün geleceğin bu kargo uçağının şişkin karnında olduğunu düşündü. Kamal'in elini tuttu. O an artık hayatın iniş çıkışlarında rastgele yaşayan iki ayrı insan değil, birbirlerine kenetlenmiş bir kadın ve bir erkektiler. Giulia annesinin, ailesinin veya mahallelilerin ne diyeceklerinin hiçbir önemi olmadığını düşündü. Bugün, kendini tanımasını sağlayan bu adamın yanında bir kadın olduğunu hissediyordu. Bugün tuttuğu bu eli bir daha asla bırakmak istemiyordu. Giulia sonraki yıllarda bu eli sokakta, parkta, hamilelikte, uykuda, haz alırken, ağlarken, çocuklarını dünyaya getirirken de tutacaktı. Bu eli daha çok uzun yıllar tutmaya devam edecekti.

Uçak piste inip durduktan sonra konteynerler hemen boşaltılıp işçiler tarafından tasnif edilmek üzere ambara gönderildi.

Giulia ambara gidip malı teslim aldığına dair bir kâğıt imzaladı. Sadece bir bavul büyüklüğünde olan koli önünde duruyordu. Eline bir maket bıçağı alıp titreyen ellerle paketi keserek açtı. Ve kutunun içindeki saçlar göründü… Dikkatli hareketlerle bir tutamı kavrayıp çıkardı. Upuzun, simsiyah, gür ve yumuşacık olan bu saç bir kadına ait olmalıydı. Onun yanında daha kısa, ipek gibi, kadife kadar yumuşak bir tutam daha vardı. Bu da bir çocuğunkine benziyordu. Gönderen kişi, saçların bir ay önce Tirupati Tapınağı'ndan satın alındığını belirtmişti. Giulia bu tapınağın, dünyada Mekke'den ve Vatikan'dan çok daha fazla ziyaret edilen bir yer olduğunu öğrendiğinde oldukça şaşırmıştı. Tapınakta tanrılarına saçlarını sunan, hiç tanımadığı ve hayatı boyunca da tanımayacağı o insanları düşündü. İçinden, onların Tanrı'nın bir lütfu olduğunu geçirdi. Her birine tek tek sarılıp teşekkür edebilmeyi isterdi. Bu insanlar saçlarının nereye gittiğini, ne kadar inanılmaz bir sefere çıktığını, nasıl bir serüven yaşadığını bilmeyeceklerdi. Üstelik daha yolculuklarının çok başındaydılar. İşçilerinin tarayıp yıkayarak işlemden geçirecekleri bu saçları bir gün dünyanın herhangi bir yerindeki bir kişi kullanacaktı. O kişi o saçın ne büyük çabalarla kendisine ulaştığını asla bilmeyecekti. Ve belki onunla gurur duyacaktı, tıpkı bugün Giulia'nın gurur duyduğu gibi. Bunu düşününce yüzüne bir gülümseme yayıldı.

Kamal'in elini tutarken yerinin burası olduğunu, nihayet dünyadaki yerini bulduğunu düşündü. Babasının atölyesi kurtulmuştu. Mezarında huzur içinde yatabilirdi. Bir gün kendi çocukları bayrağı devralacaklardı. Giulia, baba yadigârı mesleğini çocuklarına öğretecek, onları bir zamanlar babasının Vespa'sıyla turladığı yollara götürecekti.

Ara sıra o rüyayı görmeye devam ediyordu. Giulia artık dokuz yaşında değildi. Bir daha asla babasının Vespa'sı olmayacaktı. Buna rağmen geleceğin güzel şeyler vadettiğini de biliyordu.

Ve bundan böyle gelecek ona aitti.

Sarah

Montreal, Kanada

Sarah karla kaplı sokaklarda yürüyordu. Şubat ayının başında olduklarından hava dondurucu derecede soğuk olsa da ona iyi bir bahane olan kışa duacıydı. Dışarıda hemen herkes soğuktan korunmak için şapka taktığından kendi beresi göze batmıyordu. Karşısına el ele tutuşarak yürüyen bir grup öğrenci çıktı. Sarah başında onunkiyle aynı bere olan kıza gülümseyerek göz kırptı.

Yürümeye devam etti. Mantosunun cebine soktuğu elinde birkaç hafta önce hastanede karşılaştığı bir kadının verdiği kartviziti tutuyordu. O gün tıpkı bir kafenin terasında yan yana oturan iki müşteri gibi kemoterapi odasında otururlarken bütün bir öğleden sonrayı laflayarak geçirmişlerdi. Hastalık aralarında görünmeyen bir bağ örerek birbirlerine yakın hissetmelerini sağlamış ve konuşmaları kısa sürede sohbete dönüşmüştü. Sarah internetteki pek çok blog ve forumda hastaların deneyimlerini anlattıkları yazılar okumuştu. Bu tür yazıları okuyunca bazen bir kulübe ait olduğunu; bilgi sahibi olanlar, hastalığın ne olduğunu bilenler, bunu daha önce yaşamışlar grubuna ait olduğunu hissediyordu. İçlerinde hastalığa karşı bilmem kaçıncı mücadeleyi sürdüren kıdemli askerler,

Jedi'lar[*] da vardı; ilk kez hasta olanlar, yani Padawan'lar[**]da. Onların da tıpkı Sarah gibi öğrenecekleri çok şey vardı. O gün hastanede karşılaştığı o kadın –hastalığı hakkında pek konuşmasa da bir Jedi olduğu ve hastalığa karşı çok savaş verdiği belliydi– yaygın tabirle "takma saç" satan ve ağzı son derece sıkı biri tarafından profesyonelce işletilen bir mağazadan bahsetmişti. Sarah'ya *zamanı gelince* kullanılmak üzere mağazanın kartını vermişti. İyileşmek için savaş verirken öz saygıyı da ihmal etmemek gerektiğini söylemişti. "Aynadan yansıyan görüntünüz sizin müttefikiniz olmalı, düşmanınız değil," derken neden bahsettiğini gayet iyi bildiği aşikârdı.

Sarah kadının verdiği kartviziti bir kenara koymuş ve bir daha da üstüne düşünmemişti. Bunu mümkün olduğunca geciktirmeye çalışmıştı ancak gerçeklerden daha fazla kaçamazdı.

Zamanı gelmişti... Sarah karla kaplı sokaklarda mağazaya doğru ilerliyordu. Taksiye binmek yerine yürümeyi tercih etmişti. Bunu yürümesi gereken bir yol, bir hac yolculuğu, bir geçiş ayini olarak görüyordu. Oraya gitmek çok şey ifade ediyordu. Oraya gitmek; artık hastalığı inkâr etmemek, reddetmemek ve nihayet kabullenmek anlamına geliyordu. Onu artık ne bir ceza ne kader ne de boyun eğmek zorunda olduğu bir bela olarak görmesi gerekiyordu; bir olgu, hayatında meydana gelen bir olay, aşması gereken bir sınav olarak görmeliydi.

Mağazaya yaklaştığında Sarah'nın içini tuhaf bir his kapladı. Bu bir dejavu veya bir önsezi değildi. Hayır, bu; bütün zihnini, bütün varlığını kaplayan, çok daha derin bir histi. Tuhaf biçimde bu yolu daha önce yürümüş olduğunu hissediyordu.

---

[*] *Yıldız Savaşları* filmlerindeki kurgusal grup olan Jedi'lar, Galaktik Cumhuriyet'in koruyucu ve savaşçılarıdır. *(e.n.)*

[**] Bir çırak, akademideki eğitiminin ardından bir Jedi şövalyesi veya ustası ile birebir eğitime başladığında Padawan olur. *(e.n.)*

Oysa bu mahalleye hayatında ilk kez geliyordu. Nasıl olduğunu açıklayamasa da orada onu bekleyen bir şey vardı, bunu hissediyordu. Sarah'nın çok uzun zamandır orada bir randevusu vardı...

Mağazanın kapısını iterek içeri girdi. Şık ve zarif bir kadın, onu kibarca karşılayıp bir koridordan geçirerek içinde bir koltuk ve ayna olan küçük bir odaya götürdü. Sarah çantasını elinden bırakıp mantosunu çıkardı. Başındaki bereyi çıkarmadan önce bir an tereddüt etti. Kadın tek kelime etmeden kısacık bir süre yüzüne baktı.

"Modellerimizi göstereyim. Nasıl bir şey aradığınız hakkında bir fikriniz var mı?"

Sesinin tonunda ne acıma ne de hoş görünme çabası vardı. Gayet normal ve mübalağasız bir sesle konuşuyor, konuya hâkim olduğu her hâlinden belli oluyordu. Sarah gibi onlarca, hatta yüzlerce kadınla karşılaşmış olmalıydı. Her gün kim bilir böyle kaç kişiyi ağırlıyordu. Buna rağmen Sarah'ya kendini özel hissettirmişti. Öyle olmasa bile en azından özelmiş gibi davranıyordu. Olayı dramatize etmemek de sıradanlaştırmamak da bir sanattı ve kadın bu sanatı büyük bir incelikle icra ediyordu.

Sarah kadının sorusu karşısında şaşırmıştı. Bilmiyordu. Bunu düşünmemişti. Canlı… doğal bir şey olsun istiyordu. Kendine benzeyen bir şey... İçinden bunun biraz saçma olduğunu geçirdi; ona ait olmayan bir saç, yüzüne ve kişiliğine nasıl uygun olabilirdi ki?

Kadın bir süre gözden kaybolduktan sonra elinde şapka kutusuna benzeyen paketlerle geri geldi. Birinci kutudan kumral bir peruk çıkardı ve bunun Japonya'dan ithal edilmiş sentetik bir ürün olduğunu söyledi. Peruğu baş aşağı çevirip hızlıca sallarken bazen kutuda buruştuklarını, doğal bir görüntü vermek için biraz sallamak gerektiğini açıkladı. Sarah pek ikna olmasa da denedi. Bu kalın saç yığınının altında kendini tanıyamıyordu, bu kıl topunun altında gördüğü kişi o değildi. Kılık değiştirmiş gibi duruyordu. Kadın, ürünün fiyatının epey uygun olduğunu belirttikten sonra ellerinde çok daha kaliteli perukların da olduğunu ekledi. İkinci kutudan yine sentetik, ama "yüksek konfor" olarak sınıflandırılan kaliteli bir tanesini çıkardı. Sarah ne diyeceğini bilemeden düşünceli bir şekilde ona hiç mi hiç benzemeyen aynadaki görüntüsüne baktı. Peruk fena değildi, söyleyecek bir şey yoktu ancak "peruk gibi" duruyordu. Hayır, bunu takması mümkün değildi; eşarp veya şapka takmak daha iyiydi. Kadın üçüncü kutuyu eline aldı. Göstereceği bu son modelin gerçek saçtan üretildiğini söyledi. Ender bulunan pahalı bir ürün olmasına rağmen parayı gözden çıkarmaya razı gelenler oluyordu. Sarah şaşkınlıkla onu inceledi. Peruk kendi saç rengindeydi. Upuzun, gür ve ipek gibi yumuşacıktı. Kadın bunun Hintlilere ait bir saç olduğunu iletti. İtalya'da, daha doğrusu Sicilya'da işlem görmüş; renkleri açılıp tekrar boyandıktan sonra küçük bir atölyede teker teker bir tüle tutturulmuştu. Saç, örgü tekniğiyle tutturulmuştu. Bu, tığla tutturma yönteminden çok daha fazla zaman alan, ancak daha sağlam bir teknikti. Aşağı yukarı yüz elli bin saç teli için seksen saatlik bir işçilik gerekiyordu. Ender bulunan bir üründü. Kadın meslekî jargonuyla, "Mükemmel işçilik," demeyi de ihmal etmedi.

Sarah'nın peruğu başına geçirmesine yardım ederken her zaman önden arkaya doğru takmak gerektiğini, ilk başlarda biraz zorlansa da çabuk alışacağını, bir süre sonra aynaya ihtiyacı kalmayacağını söyledi. Elbette, arzu ederse kuaförde zevkine göre kestirebilirdi. Bakımı da son derece kolaydı. Tıpkı kendi saçı gibi su ve şampuanla yıkaması yeterliydi. Sarah başını kaldırıp aynaya baktı. Karşısında yepyeni bir kadın duruyordu. Aynadaki kadın ona benziyordu ancak aynı zamanda o değildi de. Hissettiği çok tuhaf bir duyguydu. Her şeye rağmen bu hatları, bu solgun teni, bu morarmış göz altlarını tanıyordu. Evet, bu oydu, kendisiydi. Sahiplenmekten ziyade alışmaya çalışmak istermiş gibi eliyle saçlara dokundu, düzeltip şekil verdi. Saç hiç direnmeden büyük bir itaatkârlık ve cömertlikle bu ehlileştirme işlemine rıza göstererek usulca yüzünün ovalini çerçeveledi. Sarah onu eliyle tarayıp okşadı. İş birliğinden dolayı neredeyse minnet duydu. Ona ait olmayan bu saç, farkında olmadan kendi saçına dönüşüp yüzüne, fiziğine ve hatlarına uyum sağlamıştı.

Sarah aynadaki yansımasına bakarken bu saçın kaybettiği her şeyi ona geri verdiğini hissetti: gücünü, onurunu, azmini; onu güçlü ve gururlu bir kadın, yani Sarah yapan her şeyi... Ve tabii güzelliğini de. Birden artık hazır olduğunu hissetti. Kadının gözlerinin içine bakıp var olan saçını kazımasını istedi. Bunu şimdi, burada yapmak istiyordu. Peruğu hemen bugün takmak istiyordu. Evine bu şekilde dönmekten utanmıyordu. Saçlarını kazıtırsa peruğu kafasına takmak çok daha kolay olacaktı. Hem nasılsa er ya da geç bunu yapması gerekecekti; öyleyse şimdi burada, bu gücü hissediyorken yapmak en iyisiydi.

Kadın isteğini kabul etti. Eline tıraş makinesini alıp narin ve becerikli hareketlerle Sarah'nın saçlarını tıraş etti.

Sarah gözlerini açınca bir süre şaşkınlıkla aynadaki görüntüsüne baktı. Kafası tıraşlanınca küçücük kalmıştı. Kızının bir yaşındaki, henüz saçları çıkmamış hâline benziyordu. Evet, kafası kesinlikle bir bebeğin kafasını andırıyordu. Çocuklarının verecekleri tepkiyi gözünde canlandırmaya çalıştı, onu bu hâlde görecek olsalar kesin çok şaşırırlardı. Belki bir gün gösterirdi. İleride...

Peruğu dazlak kafasına geçirip yeni saçını kadının öğrettiği gibi düzeltti. Sarah aynadaki görüntüsüne bakarken bir şeyden emindi: Yaşayacaktı! Çocuklarının büyüdüğünü görecekti. Ergenliklerini, yetişkinliklerini, anne baba olduklarını görecekti. Her şeyden çok da zevklerini, yatkınlıklarını, aşklarını, yeteneklerini görmek istiyordu. Hayat yolunda onlara eşlik etmek; sevecen, şefkatli, ilgili bir anne olmak istiyordu.

Bu savaştan galip çıkacaktı! Belki yorgun ve bitkin düşecekti ama ayakta kalacaktı! Tedavinin kaç ay, kaç yıl süreceği önemli değildi; bundan böyle bütün enerjisini, her dakikasını, her saniyesini bütün gücüyle bu hastalıkla savaşmaya adayacaktı.

Bir daha asla herkesin hayran olduğu o güçlü Sarah Cohen olmayacaktı! Bir daha asla hiçbir şeyin yenemeyeceği o süper kahraman olmayacaktı. Sadece kendisi olacaktı. Sarah olacaktı. Hayatın darbesini yemiş, hırpalanmış bir kadın olarak bütün çatlaklarıyla, bütün yaralarıyla, bütün hasarlarıyla yaşamaya devam edecekti. Artık onları saklamaya çalışmayacaktı. Önceki hayatı bir yalandı, bu seferki gerçek olacaktı...

Hastalık yakasını bırakır bırakmaz kendi hukuk bürosunu kuracaktı. Ona güvenmeye devam eden birkaç müşterisinin de peşinden geleceğine emindi. Johnson&Lockwood Hukuk Bürosu'na dava açacaktı. O, şehirdeki en iyi avukatlardan biriydi. Kendisi gibi iş dünyası tarafından bir çırpıda mahkûm edilerek çifte cezaya çarptırılmış binlerce kadın ve erkek adına, maruz kaldığı ayrımcılığı teşhir edecekti. Onlar adına savaşacaktı. Bu, en iyi bildiği şeydi. Bundan böyle savaşı bu olacaktı.

Başka türlü yaşamayı öğrenecekti, çocuklarıyla daha fazla zaman geçirecekti; kermeslerde, yıl sonu gösterilerinde işte olmayacaktı. Bundan böyle tek bir doğum gününü kaçırmayacaktı. Onları tatillere götürecekti; yazın Florida'ya, kışın kayağa gideceklerdi. Bundan böyle hiç kimse çocuklarıyla geçireceği zamanı, hayatını elinden alamayacaktı. Bundan böyle özel hayatıyla işi arasında hiçbir duvar, tek bir yalan olmayacaktı. Bundan böyle asla iki parçaya bölünmüş bir kadın olmayacaktı.

O zamana kadar da hayatın ona verdiği silahlarla, o mandalina büyüklüğündeki tümöre karşı savaşması gerekecekti. Cesareti, gücü, kararlılığı ve zekâsıyla... Ailesi, çocukları, dostlarıyla... Hastalığa karşı her zaman yanında olan doktorlar, hemşireler, onkologlar, radyologlar, eczacılarla... Birden, etrafında muhteşem bir enerjinin varlığını hissetti ve olağanüstü bir destanın başlangıcında olduğunu anladı. Bütün bedenini sıcak bir akımın kapladığını, içinin daha önce hiç bilmediği bir heyecanla dolduğunu ve karnının içinde bir kelebeğin usulca kanat çırptığını hissetti.

Dışarıda onu bekleyen bir dünya, bir hayat ve çocukları vardı. Bugün onları okuldan almaya gidecekti. Bu hemen hemen hiç yapmadığı bir şeydi, ne kadar şaşıracaklarını şimdiden tahmin edebiliyordu. Hannah kuşkusuz çok heyecanlanacaktı. İkizler koşarak kollarına atılacaktı. Yeni saçları ve saç kesimi hakkında yorum yapacaklardı. Sarah çocuklarına her şeyi açıklayacaktı. Mandalinayı, işini, hastalığa karşı birlikte verecekleri savaşı anlatacaktı.

Mağazadan çıktığında Sarah; dünyanın öbür ucunda, Hindistan'da saçlarını veren o kadını ve o saçları büyük bir sabırla tarayıp işlemden geçiren Sicilyalı işçileri düşündü. Saçları tek tek bir tüle tutturarak bir araya getiren o kadını düşündü... O an bütün evrenin, o iyileşsin diye el ele verdiğini hissetti. Aklına Talmud'daki şu cümle geldi: "Bir insanı kurtaran, bütün dünyayı kurtarmış sayılır." Bugün bütün dünya onu kurtarıyordu ve Sarah dünyaya teşekkür etmek istiyordu.

Evet, burada, hâlâ hayattaydı.

Ve uzun bir süre daha burada olacaktı.

Bunu düşününce yüzünde kocaman bir gülümseme belirdi.

Son Söz

Eserimin sonuna geldim.
Peruk burada, önümde duruyor.
İçimde eşsiz bir duygu var,
Hiç kimsenin bilmediği
Bana ait bir sevinç bu.
İşimi tamamlamış olmanın hazzı,
İyi bir iş ortaya çıkarmış olmanın övüncüyle,
Yaptığı resimden gurur duyan bir çocuk gibi gülümsüyorum.

Bu saçları düşünüyorum.
Geldikleri yeri,
Katettikleri ve
katedecekleri yolu.
Uzun bir yol olacak, biliyorum.
Atölyemden çıkmayan bendenizin göreceğinden
Çok daha fazla insan görecekler.
Olsun, onların yolculuğu benim de yolculuğum sayılır.

Eserimi büyük bir ruh ağı gibi,
Birbirlerine saçlarıyla bağlanan o kadınlara ithaf ediyorum.
Seven, doğuran, ümit eden,
Binlerce defa düşüp yeniden ayağa kalkan,
Eğilen ancak yenik düşmeyen kadınlara.
Onların savaşını biliyorum,
Gözyaşlarını ve sevinçlerini paylaşıyorum,
Her biri biraz ben.

Ben o kadınların hayatlarının kesişim noktasındaki bağ;
Küçük, kısa bir çizgiyim.
Onları birbirlerine bağlayan,
Kimsenin göremediği,
Bir saç teli kadar ince ipim.

Yarın yeniden işe koyulacağım.
Beni bekleyen başka hikâyeler,
Başka hayatlar,
Başka sayfalar var.

Teşekkür

Coşkusu ve güveni için Juliette Joste'e,
Sarsılmaz desteği için eşim Oudy'ye,
Çocukluğumdan beri ilk okurum olan anneme,
Bu kitabın her aşamasında bana eşlik eden Sarah Kaminsky'ye,
Kıymetli yardımları için Hugo Boris'ye,
Bana Paris'teki Capilara atölyesinin kapılarını açan ve mesleğinin detaylarını anlatan Françoise'a,
Değerli tavsiyeleri için Nicole Gex ve Bertrand Chalais'ye,
Araştırmalarıma yardım eden Inathèque çalışanlarına,
Ve çok küçük yaşlardan beri bana yazı yazmayı sevdiren Fransızca öğretmenlerimle profesörlerime sonsuz teşekkürlerimi sunarım.